当代著名作家及学者
年谱系列

林建法 主编

汪曾祺文学年谱

徐　强◎著

华东师范大学出版社

汪曾祺

（1920 年 3 月 5 日—1997 年 5 月 16 日）

1961 年　在北京中山公园

1985年 在沈从文（左一）家

1993 年　与夫人在海南

我有一好处，平生不整人。

写作颇勤快，人间送小温。

或时有佳兴，伸纸画青春。

草花随目见，鱼鸟略似真。

唯求俗可耐，宁计故为新。

只可自愉悦，不可持赠君。

君其真喜欢，携归尽一樽。

（汪曾祺自题，刊《中国作家》1992 年第 2 期。）

序言

[手写签名]

　　记得三十年以前,我刚入复旦大学中文系读书的时候,章培恒先生出版了他的第一部著作《洪昇年谱》,受到学界高度好评。直至今天,我在百度上搜索书名,还会跳出这样的评价:"该书不仅首次全面细致地胪列了谱主的家世背景、个人遭际、思想著述、亲友关系等 还就洪氏'家难'、洪昇对清廷的态度以及演《长生殿》之祸等诸多有争议的问题提出了一系列独到见解,将洪昇生平及其剧作研究推进了一大步。"依我看,编制年谱,功在三个方面:一是详细考订谱主家世背景、个人遭际、思想著述、亲友关系等史料;二是对于谱主经历的历史事件的深入探究;三是对其人其书的整体研究的推进。那时我在学校里接受的教育是,年谱编撰是最花时间最吃功夫,同时也是最具有学术价值的一种治学方法。研究者在学术上的真知灼见被不动声色地编织在资料选择和铺陈中,而不像有些学术明星,凭着胆子大就可以胡说八道。后来章先生指导研究生研究古代文学,也是先从研究作家着手,而研究作家先要从编撰年谱着手,于是就有了一套题为《新编明人年谱丛刊》的年谱系列,这套书至今仍是我最珍爱的藏书之一。

章培恒先生的导师蒋天枢先生,曾在清华研究院国学门受过陈寅恪、梁启超等名师指点,蒋先生晚年,受陈寅恪先生的嘱托,放下自己的许多著述不做,集中精力整理恩师的遗著。一套书干干净净地出版了,最后一本是蒋先生编订的《陈寅恪先生编年事辑》,用年谱形式,把陈先生一生的著述活动都保存下来,没有一句花里胡哨的空洞之言。后来缪托陈先生知己的学人名流有的是,却没有一个在陈先生受到困厄之苦时候"独来南海吊残秋"的。这些流传在复旦校园里的故事,既告诉我们如何做学问,也告诉我们如何做一个知识分子。

倒也不是说,做年谱就是有真学问,谈理论就不是真学问。章先生后来也是从史料考辨走出来，偏重学理史识，成为一位被人敬重的文史大家。但是我们从蒋先生到章先生再到章门弟子的传承中可以看到，编制编年事辑（年谱）成为他们学术训练的一个基本方法。古代文学研究如此，现代文学研究也是如此。我早年追随贾植芳先生研究中外文学关系，先生首先就指示我从搜集的大量资料中编撰一份"外来思潮、流派和理论在中国现代文学史上的影响"的大事年表，罗列西方诸思潮流派在中国传播影响的编年记录；这份年表有六万多字，把这一时期中外文学交流关系的来龙去脉基本上都弄清楚了。后来我写作《中国新文学整体观》里使用的材料观点，基本上得益于这份大事年表。所以我一直坚持这样的想法，培养研究生治学研究，从作家研究，或者具体问题研究起步，收集资料，编撰年谱或者编年事辑，是最好的训练方法。研究者的研究方法、学术观点，都由此而生；为后来者的研究，也提供了一份绕不过去的研究成果。

可惜这种扎实的学术风气，到了 20 世纪 90 年代以后，在高校的研究生培养中渐渐式微，一些似是而非、华而不实的流行理论、外来术语、教条形式都开始泛滥，搞乱了青年学子的求知心路，也破坏了良好求实的学风。现当代文学研究领域尤其严重。今林建法先生受聘于常熟理工学院，担纲校特聘教授与《东吴学术》执行主编。林先生从事文学编辑三十余年，对于学界时弊看得清清楚楚，他首倡编撰当代作家学者年谱，为当代文学研究提供一份作家学者的年谱资料，也为学科发展提供信史。我赞成他的提倡，这个建议不仅有利于当代文学学科基础的夯实，也为研究生的学术训练、学风培养开拓了一条有效的道路。

《东吴学术》年谱丛书（当代著名作家及学者年谱系列）由华东师范大学出版社出版，这是一个良好的开端，我希望这套丛书在林建法先生的主持下能够坚持若干年，不断开拓选题，为当代文学研究奠定坚实的基础。

2014 年 4 月 19 日写于鱼焦了斋
2017 年 4 月修订

目录

1947 年　二十七岁／44	1966 年　四十六岁／80
1948 年　二十八岁／48	1967 年　四十七岁／83
1949 年　二十九岁／51	1968 年　四十八岁／85
1950 年　三十岁／53	1969 年　四十九岁／86
1951 年　三十一岁／54	1970 年　五十岁／87
1952 年　三十二岁／57	1971 年　五十一岁／90
1953 年　三十三岁／57	1972 年　五十二岁／91
1954 年　三十四岁／58	1973 年　五十三岁／92
1955 年　三十五岁／60	1974 年　五十四岁／93
1956 年　三十六岁／61	1975 年　五十五岁／94
1957 年　三十七岁／63	1976 年　五十六岁／95
1958 年　三十八岁／66	1977 年　五十七岁／96
1959 年　三十九岁／67	1978 年　五十八岁／96
1960 年　四十岁／68	1979 年　五十九岁／98
1961 年　四十一岁／69	1980 年　六十岁／99
1962 年　四十二岁／70	1981 年　六十一岁／102
1963 年　四十三岁／73	1982 年　六十二岁／106
1964 年　四十四岁／75	1983 年　六十三岁／111
1965 年　四十五岁／78	1984 年　六十四岁／114

1920 年　出生

3 月 5 日,旧历正月十五,元宵节,汪曾祺生于江苏高邮。

汪本姬姓,文王之后。得姓始祖为颍川汪侯。汪曾祺家一支来自歙县。公元 197 年,汉龙骧将军汪文和因避战乱,渡江南迁居歙县,是为徽州汪氏一世祖。清初,第八十一世汪起凤迁居高邮。汪曾祺为第八十九世。祖父汪嘉勋生于清同治癸亥年(1863 年),因赈案保举训导,娶邑中名士谈人格的女儿谈氏。汪嘉勋生三子,依次为广生、长生、菊生。汪嘉勋的三子汪菊生即汪曾祺的父亲。

汪菊生生于清光绪丁西年(1897 年),字谈卢(一作淡如),曾在南京读旧制中学。性格开朗,热爱运动,富于艺术情趣与才华。能奏多种乐器,也擅长绘画、篆刻及制作风筝等各种手工。乐善好施,热心公益。汪菊生的性格气质对汪曾祺的人生与艺术道路影响深远。

汪菊生的第一个夫人即汪曾祺的生母杨氏。杨氏家庭为高邮望族。杨氏在汪曾祺三岁的时候就病逝,汪曾祺对她印象不深。汪曾祺出生时,上面已有一姊汪巧纹(1917年生)。

汪曾祺很得祖父宠爱,认了好几个干妈,在和尚庙、道士观里也都记了名。在寺庙的法名是"海鳌"。早逝的二伯父汪长生没有子嗣,按照风俗,应将长房次子汪曾炜过继给他。但由于二伯母孙氏与杨氏交好,且喜欢汪曾祺,因将曾炜、曾祺同时过继,曾炜为"派继",曾祺为"爱继"。

1923年　三岁

本年,生母杨氏因肺疾逝世。幼小的汪曾祺已有记忆。后来在《我的母亲》(1992年)一文中,写下了当时的记忆:得肺病的母亲,病后即移住一个小房间里隔离。父亲用一个煤油箱自制了一个炉子,为母亲熬粥,熬参汤、燕窝。还记得父亲雇船带她到淮城去就医,汪曾祺随去。中途停泊,父亲在船头钓鱼,船舱里挂了好多大头菜。汪曾祺一直记得大头菜的气味。

母亲去世后，父亲带着汪曾祺睡。汪曾祺的生活主要由母亲出嫁时带过来的保姆大莲姐姐照料，有时是大莲姐姐带着睡。

1925 年　五岁

本年，入县立五小幼稚园。幼稚师范毕业的王文英是园内唯一的老师。她用脚踏风琴伴奏，带孩子们唱歌跳舞。其中表演唱《小羊儿乖乖》和小歌剧《麻雀和小孩》都令汪曾祺记忆深长。在全班小朋友中，汪曾祺较得王文英老师宠爱。

本年，汪曾祺的父亲汪菊生续娶张氏。张氏是财主的长女。张氏年幼丧母，父亲续娶，张氏是跟自己的年轻守寡的姑母（汪曾祺称其"老姑奶奶"）长大的。汪曾祺叫继母为"娘"。张氏娘对汪家三个孩子都很好，尤其喜欢汪曾祺。

约本年，汪曾祺开始有了最初的疾病记忆。有一次得了小肠疝气，大莲姐姐就熬草药，为汪曾祺熏疗，又试过各种偏方。还有一次颈椎处生恶疮（俗称"对口"），父亲请西医外科医生张冶青为其引流。

1926 年　六岁

本年,继续在县立五小幼稚园就学。

1927 年　七岁

5 月 29 日,北伐部队("党军")与孙传芳部("联军")在高邮开战,很多人都躲进了红十字会。汪曾祺一家也躲了进去,度过一个难忘的夜晚。[①] 年幼的汪曾祺感到这种打破常规的生活十分新鲜。次日形势平静下来,全家离开红十字会回家。

夏天,从幼稚园毕业。

---

① 汪曾祺自云此事"记不得是哪一年,总之是我还小,还在上小学"(《故乡的食物·炒米和焦屑》(1986 年))。查《高邮县志》,"党军"与"联军"在高邮城开战,为 1927 年 5 月 29 日事。根据本年纪事的第三条注释推论,本年上半年汪曾祺还没入读小学,仍在幼稚园。据《我的小学》(1992 年),汪曾祺就学的高邮县立五小幼稚园就在县立五小校园内,因此汪曾祺把躲避战乱事误记为小学时期,是有可能的。

秋天,入高邮县立第五小学读一年级。① 五小全校只有六个班,隔壁就是承天寺,汪曾祺与同学们三天两头

① 此前,陆建华《汪曾祺年谱》定本(收入《汪曾祺的春夏秋冬》,河南人民出版社 2005 年版)、徐强《人间送小温——汪曾祺年谱》(广陵书社 2016 年版)均将汪曾祺入读小学的年份定于 1926 年。据新发现的汪曾祺本人填写于 1958 年的一份《自传简表》,"1927—1933"年就读高邮县立第五小学,"1933—1935"年就读高邮县立初中,1935 年入读江阴南菁中学。证之以作家本人多篇回忆散文中的叙述,1935 年入读高中确切无疑;初中一、二、三年级都有详细记述,因此三年就读经历齐全,故可推定《自传简表》中初中少计一年,入读年份应前推至 1932 年。此外,汪曾祺的儿子汪朗对笔者说:"汪曾祺在与家人聊天时说过他上小学时本来各科成绩都很好,后来学校让他跳了一级,结果数学就跟不上了,变成了只有语文好。"(2017 年 3 月 15 日致笔者信)检汪曾祺散文中对小学一至六年级事实的描绘,唯四年级几乎阙如,仅在《我的小学》中说:"教三、四年级语文的老师是周席儒。(……)他总是坐在三年级和四年级教室之间的一间小屋的桌上批改学生的作文,'判'大字。"从中似乎可以判断,这里的"四年级"是指汪曾祺读三年级时周席儒任教的另一年级,并不是说汪曾祺的三、四年级均受教于周。若此说可靠,那么汪曾祺就用五年时间读完了六年制小学,四年级被跳过是最有可能的。据汪曾祺的女儿汪明同日致笔者信,汪曾祺在多份履历表中都填 1927 年始读小学,该入学年份可以断定。下文所引《我的小学》说"我学这一课时才虚岁七岁"或系误记,当为"周岁七岁";《自传简表》中的小学年段多出一年,也应系误记,毕业年份当在 1932 年,这与前面推论的 1932 年入读初中正好吻合。在与汪曾祺子女达成共识后,本谱对汪曾祺就学情况暂如此系年:1927 年秋至 1932 年夏读小学,1932 秋至 1935 年夏读初中。这是据目前材料所作较合理推论,是否绝对可靠,有待于进一步的材料证实。

去承天寺看罗汉。国语课本上的一些课文对汪曾祺产生了影响,晚年汪曾祺仍记得一年级的国语课文,认为这些课文选得很好。一年级"国语"课开头是"大狗跳,小狗叫",后面还有《咏雪》("一片一片又一片,两片三片四五片,七片八片九十片,飞入芦花都不见")这样的诗。"我学这一课时才虚岁七岁,可是已经能感受到'飞入芦花都不见'的美。我现在写散文、小说所用的方法,也许是从'飞入芦花看不见'悟出的。"①

约本年,保姆大莲姐姐辞事离开汪家。

1928 年　八岁

上半年,继续在县立五小读一年级。

秋后,升入二年级。

二年级国文课文中有两则谜语,其中之一是《画》("远观山有色,近听水无声,春去花还在,人来鸟不惊")。直到晚年,汪曾祺还认为,"这对培养儿童的想象力是有

---

① 汪曾祺:《我的小学》,《作家》1993 年第 6 期。

好处的","希望教育学家能搜集各个时期的课本,研究研究,吸取有益的部分,用之今日"。①

因 1927 年国民政府教育当局开始在小学实施"党化教育",从本年起,小学课程中增加"三民主义"(党义)、"党童子军"二科,以"陶融学生'忠孝仁爱信义和平'之国民道德"。

本年,二伯母亡故,汪曾祺作为孝子服丧。② 高邮肖像画家管又萍为给二伯母画像,到家里来和汪菊生谈了几次,汪曾祺因此能知道画工画像的大体程序。

二伯父早逝后,二伯母多年一直寡居守节,性格有些古怪。汪曾祺经常到二伯母房中,颇得二伯母喜欢。1982年发表的小说《珠子灯》中的孙小姐就是以二伯母为原型。

1929 年 九岁

本年,在县立五小读二年级,秋后升入三年级。

---

① 汪曾祺:《我的小学》,《作家》1993 年第 6 期。
② 据《飞的》(1947 年)中"八岁的时候,我一个伯母死了"一文系年,按照汪曾祺的向来的习惯,岁数为周岁。

三年级的语文老师是周席儒。周席儒非常喜欢汪曾祺。汪曾祺觉得他"真是一个纯然儒者"。他经常为学生批改大字,汪曾祺说"我的毛笔字稍具功力,是周先生砸下的基础"。

约本年开始,酷爱美术,并显示出独到的创造力。汪曾祺记得,三年级时画过很多指墨画:"只用大拇指蘸墨,在纸上一按,加几笔犄角、四蹄、尾巴,就成了一头牛。大拇指有胴纹,印在纸上有牛毛效果。"[①]

1930 年 十岁

上半年,在县立五小继续上三年级。秋后跳过四年级,升入五年级。

原本各科成绩都好,跳级后,数学成绩下滑,语文依然突出。[②]

自五年级起,直至初中二年级,一直担任汪曾祺的国

---

① 汪曾祺:《我的小学》,《作家》1993 年第 6 期。
② 汪曾祺与家人聊天时自云。据汪朗 2017 年 3 月 15 日致笔者信。

文老师的是高北溟先生。这是对汪曾祺有着重要影响的一位老师。小说《徙》(1981 年)中的主人公即以其为原型。

1931 年　十一岁

上半年,继续读五年级。

暑假,祖父汪嘉勋教汪曾祺读书、作文。每天早晨来讲《论语》一章,剩下的时间由汪曾祺自己写大小字各一张。大字写《圭峰碑》,小字写《闲邪公家传》。隔日作文一篇,是一种叫做"义"的文体,只是解释《论语》的内容。曾有一题是"孟子反不伐义"。①

夏秋,高邮洪灾。六、七两月,淮河流域连降暴雨,此后高邮湖和邵伯湖水位高企,漫入里运河。乡民演戏酬神,拜佛求签。8 月 26 日凌晨,挡军楼等多处运堤轰然崩塌,城乡全境没于波涛之中。这次高邮洪水,是中国20 世纪灾变史上的著名洪灾之一,淹死、饿死 7.7 万人。

---

① 汪曾祺:《寻常茶话》,《光明日报》1990 年 3 月 20 日。

秋季,瘟疫流行,又死亡几千人。① 汪曾祺多次在自己的作品中描述到这场水灾。为躲避洪水,汪曾祺一家住进竺家巷一个茶馆的楼上。直到约一星期后水退。当年粮食绝收,慈姑芋头却丰收。汪家虽不至于挨饿,但没有菜吃,老是吃慈姑汤、芋头梗子汤。②

水灾之后,父亲汪菊生积极参与赈灾。汪曾祺后来在小说《钓鱼的医生》(1981年)中所写的医生王淡人,就以父亲为原型,把他急公好义、划船赈灾的形象改为划船为人治病的情节。

秋季,汪曾祺升入六年级。

五、六年级均与许荫章(后改名许长生)同桌,成为挚友。晚年许长生回忆,汪曾祺思维敏捷,读书一目十行,上课时偷看《三国》、《水浒》等小说。平时看不到他啃书本,但每次考试皆名列前茅,深得语文教师高北溟、图画教师王廷骧两位先生的称赞。在高北溟先生的课堂上,汪曾祺作题为《高邮运堤决口后的感想》的作文,

① 洪水状况,据倪文才《故事里的故事》(中国工人出版社2006年版)、《扬州市志》(中国大百科全书出版社1997年版)。
② 汪曾祺:《我的家乡》,《作家》1993年第10期。

高北溟先生评点中说该文是篇"情感真挚、层次分明、语言流畅的好文章",将它作为范文张贴。但汪曾祺在《我的小学》(作于1992,详见本谱1992年8月纪事)中又称,教六年级国文的是张敬斋,据说很有学问,妻子长得漂亮,外号"黑牡丹"。张敬斋教《老残游记》,讲得有声有色,其中的大明湖上那副对联"四面荷花三面柳,一城山色半城湖"使得汪曾祺对济南非常向往。教图画的王廷骧老师,常带学生们外出写生,最常去的地方是运河堤,画堤上的柳树。① 许长生还记得,汪曾祺与自己一同玩耍时,曾为自己作"树荫垂钓图",画的是一老者垂钓,"钓线若有若无,寥寥数笔,神采奕奕颇具神韵"。②

本学年开始学英文。但除了 book、pen 等少数几个单词外,没记住多少东西。③

---

① 汪曾祺:《我的小学》,《作家》1993 年第 6 期。

② 以上除引用汪曾祺作品中材料外,另可参看许长生《我与汪曾祺》《高邮文史资料》第十七辑,高邮县政协文史资料委员会编,2001 年),陈其昌、姜文定主编《走近汪曾祺》(汪曾祺文学馆编印,2003 年)第 25 页。

③ 汪曾祺:《悔不当初》,《时代青年》1993 年第 4 期。

1932 年　十二岁

夏天,汪曾祺读完六年级,小学毕业。

暑假,住进三姑父孙石君家,与表弟一起,受教于三姑父请来的乡中名儒韦子廉(别号鹤琴)先生。[①] 日授桐城派古文一篇,督临《多宝塔》一纸。韦鹤琴学问广博,于桐城派钻研体会尤深,所传授姚鼐《登泰山记》、方苞《左忠毅公逸事》、戴名世《画纲巾先生传》等诸篇,对汪曾祺影响深刻。"我至今作文写字,实得力于先生之指授。"[②]

同一暑假,又曾随乡贤、名中医张仲陶读《史记·项

① 陆建华《汪曾祺传》所附《汪曾祺年谱》说:"小学毕业那年暑假,汪曾祺先后跟祖父聘请的张仲陶、韦子廉两位先生学《史记》和桐城派古文,获益匪浅。"见陆建华:《汪曾祺传》,南京:江苏文艺出版社 1997 年版,第 342 页。《汪曾祺传》本文则说韦子廉"是曾祺的三姑父把他请到汪家"(见该书第 43 页),似均与汪曾祺本人的说法稍有抵牾。

② 汪曾祺自作诗《题〈鹤影琴音〉》(1993 年)跋。《鹤影琴音》,系高邮盂城诗社为纪念韦子廉逝世五十周年而拟编的文集,汪曾祺应邀题签并作此诗。手迹影件见《氍社珠光——高邮市文联十年成果集》,高邮市文联编印,1996 年。

羽本纪》。

9月,升入高邮县立初级中学,读初一。初中的主要课程是"英(文)、国(文)、算(数学)"。另有历史、地理、三民主义、美术、音乐等课程。

自认为初一、初二的英文没有学到什么,因为教员不好。但国文方面收获颇大。

初一、初二国文老师仍是县立五小时期的高北溟先生。他让学生每周抄写一篇《字辨》。还编过一些字形歌诀、《国学常识》等。除了讲课本,他还自己选了很多文章作"讲义",例如《礼记·檀弓》的《苛政猛于虎》,柳宗元的《捕蛇者说》,归有光的《先妣事略》、《项脊轩志》、《寒花葬志》等,一一讲解。① 归有光善于描写妇女和孩子的情态,尊重妇女儿童,给汪曾祺深深的感染。后来他从这些选文中体会到一种贯穿性的思想——人道主义。

国文、历史课都增加了培养民族意识的内容,作文也常从这方面命题。例如高北溟先生有一次命题"救国策"。②

---

① 汪曾祺:《寻根》,载 1985 年 10 月 13 日在香港梅窝管理营发言稿。
② 汪曾祺:《我的初中》,《作家》1993 年第 8 期。

1933年　十三岁

秋，升入初二。颇得初二代数老师王仁伟喜欢。

初二以后，张杰夫老师的美术课教画水彩画。汪曾祺由此知道分层布色，知道什么叫"笔触"。画得最多的是鱼。最有兴趣的事情则是倒石膏模子。[1]

初中时经常在放学路上看画家张长之画画。[2]

1934年　十四岁

秋天，升入初中三年级。初三的语文老师为毕业于上海大夏大学、较早把新文学传到高邮的张道仁先生（后来与幼稚园老师王文英结婚）。教导主任顾调笙先生授初三几何。顾毕业于中央大学，自视甚高。他很器重汪曾祺，曾加意辅导，一心培养他进中央大学学建筑，将来

[1] 汪曾祺：《我的初中》，《作家》1993年第8期。
[2] 汪曾祺：《看画》，暂无底本或有稿。

当建筑师。汪曾祺画画没问题,但几何实在不行。顾调笙曾叹曰:"你的几何是桐城派几何!"[1]初三增开"英文三民主义",校长耿同霖亲自执教。[2]

初中期间,汪曾祺爱唱京戏,唱青衣,"嗓子很好,高亮甜润"。在家里,父亲汪菊生拉胡琴,汪曾祺唱。汪曾祺的同学里有几个能唱戏的,学校开同乐会,汪曾祺邀请父亲到学校去为自己伴奏,几个同学都只是清唱。

1935 年　十五岁

夏天,考入设在江阴的南菁中学。这所学校清末以来即为江苏名校。

秋季,开始读高中一年级。国文老师姓史。汪曾祺记得他在课堂上讲纪晓岚编纂《四库全书总目提要》时一边抽烟一边编书的轶事。[3] 南菁中学的数理化及英文教学

① 汪曾祺:《我的初中》,《作家》1993 年第 8 期。
② 汪曾祺:《我的初中》,《作家》1993 年第 8 期;汪曾祺:《悔不当初》,《时代青年》1993 年第 4 期。
③ 汪曾祺:《烟赋》,《十月》1991 年第 4 期。

质量全省有名,轻视文史。汪曾祺的英文老师是吴锦棠,名校毕业,英文很好,教学也很生动。但他很糊涂,考试用旧试题考新生,这让学生有隙可乘,而且他评分极为宽松。汪曾祺后来将这归结为自己英文没学好的原因之一。

汪曾祺自己买了一部词学丛书,课余用毛笔抄宋词,既练了书法,又略窥词意。“词大都是抒情的,多写离别,这和少年人每易有的无端感伤情绪易于相合。”江阴的鲥鱼和粉盐豆令汪曾祺印象深刻。星期天,常常是在自修室里喝水、吃粉盐豆、读李清照和辛弃疾的词中度过的。①

1936 年　十六岁

本年,继续在江阴的南菁中学就读。

暑假,在镇江军训。入夏前后,国民政府颁布《暑期军训办法》,规定凡无合格军训成绩的应届毕业生,不得升入高中或大学。“当时强邻虎视,我们从初中时就每天听到‘国难当头’的宣传教育,学生的救国意识都很浓厚,

---

① 汪曾祺:《食豆饮水斋闲笔·黄豆》,《长城》1993 年第 2 期。

对军事化并无反感。"①来自江苏各地的高一学生和大学一年级学生,在镇江郊区三十六标集训三个月。集训内容有学科、术科、"筑城教范"、"打野外"、打靶等。再就是听叶楚伧、周佛海等国民党要人的演讲。

军训期间,结识同在一个中队的巫宁坤、赵全章。三人同岁,同吃、同住、同操练,亲如兄弟。② 集训即将结束时,江浙两省的高一学生调集南京,在中山陵接受蒋介石训话。在军训结束之际,作为表现好的学生之一被"政教处"吸收加入"复兴社",参加过一些活动。后来,这成为长期困扰汪曾祺的一个历史问题。

秋季,升读高中二年级。

本年,继母张氏因肺疾离世。

1937 年 十七岁

春季,阖校春游缴墩,此地遍植梅花。忽遇大雨,衣

---

① 汪曾祺:《金陵王气》,《银潮》1993 年第 9 期。
② 巫宁坤:《往事回思如细雨》,《文汇读书周报》2004 年 7 月 19 日。

服尽湿,路滑如油,众仆跌。①

这时汪曾祺开始了自己的初恋。初恋的滋味和江阴的水果香味融合在一起,让汪曾祺终身难忘。晚年文章中还不断回忆这段时期的体验。"江阴是一个江边的城市,每天江里涨潮,城里的河水也随之上涨。潮退,河水又归平静。行过虹桥,看河水涨落,有一种无端的伤感。难忘纟墩看梅花遇雨,携手泥涂;君山偶遇,遂成离别。"②

上半年,父亲汪菊生续娶任氏,汪曾祺和姐姐汪巧纹参加了父亲的婚礼。

暑假,在家为初恋的对象写情书,父亲在一旁"瞎出主意"。③

暑假后,日军攻占江阴,江北处于危急之中。汪曾祺不得不离开南菁中学,在家闲居,或随全家到离高邮城稍远的庵赵庄避难。闲居期间,自己读书,除了一些旧课本和从祖父的书架上翻出来的《岭表录异》之类杂书,还有

---

① 见《江阴漫忆·忆旧》(1997 年)诗自注。
② 汪曾祺:《我的世界》,《文汇报》1993 年 12 月 12 日。
③ 汪曾祺:《多年父子成兄弟》,《福建文学》1991 年第 1 期。

两本"新文学"书：屠格涅夫的《猎人日记》和一本盗印的《沈从文小说选》。"两年中，我反反复复地看着的，就是这两本书。所以反复地看，一方面是因为没有别的好书看，一方面也因为这两本书和我的气质比较接近。我觉得这两本书某些地方很相似。这两本书甚至形成了我对文学、对小说的概念。"①他坦承，后来之所以报考西南联大中文系，和读了沈从文的小说有很大关系。

1938 年　十八岁

夏秋之际，姐姐汪巧纹赴大后方考大学，汪曾祺把姐姐送到大运河边乘船。②

本年，在淮安中学、私立扬州中学、盐城临时中学等校辗转借读。

本年，同父异母弟弟汪曾庆（海珊）出生。

---

① 汪曾祺：《我的老师沈从文》，《收获》2009 年第 3 期。
② 陈其昌：《骨肉情深——汪曾祺与其兄弟姐妹》，《扬州日报》2007 年 5 月 16 日。

1939年　十九岁

夏,从高邮到上海,会合了几个南菁中学的同学,还有同乡朱奎元,一起赴云南,报考大学。一路先乘船经香港到越南河内,再转乘火车,经滇越铁路到昆明。从上海到昆明,一共走了半个多月。[①]

7月下旬,报名投考西南联合大学。本年度中央大学、西南联合大学、西北联合大学等二十三所国立大学统一招生。考生可报考三个志愿。汪曾祺以西南联合大学为第一志愿。同时因为喜欢画画,作为后备志愿填报了当时同在昆明的国立艺专。因来途在越南感染疟疾,这次抵昆几日即发病,住院治疗到8月6日。

8月7日至10日,带病在云南大学考点参加国立院校统一招生考试。结果,汪曾祺被西南联大中国文学系录取。同学中有后来成为语言学家的李荣,成为文字学家的梁东汉,成为作家的刘北汜。二年级从物理系转入的朱德熙,后来成为著名语言学家。福建长乐籍考生施

---

① 汪曾祺:《七载云烟》,《中国作家》1994年第4期。

松卿同时考入西南联大物理系,后来成为汪曾祺妻子。

10月,开始大学一年级课业。

可能是在中文系为大学一年级开设的"大一国文"课上,开始受教于沈从文。"大一国文"是第一学年全校必修课,开课一学年,分"读本"(4学分)、"作文"(2学分)两部分。本年一、二班的课由朱自清、沈从文共同担任。又因某种原因,陶光担任了汪曾祺这一班的"作文"课。以后他与陶光成为曲友。① 由朱自清、杨振声、罗常培等共同编选的《大一国文》课本,是对汪曾祺影响非常大的一本书。其中语体文部分除了鲁迅《示众》、徐志摩《我所知道的康桥》等,还选了丁西林《一只马蜂》、林徽因《窗子以外》等。"这一本《大一国文》可以说是一本'京派国文'。"汪曾祺高度估计这本小书对自己的影响:"严家炎先生编中国流派文学史,把我算作最后一个'京派',这大概跟我读过联大有关,甚至是和这本《大一国文》有点关系。这是我走上文学道路的一本启蒙的书。"②

<hr>

① 汪曾祺:《晚翠园曲会》,《当代人》1996年第5期。
② 汪曾祺:《西南联大中文系》,《精神的魅力》,北京:北京大学出版社1988年版。

本学年修习金岳霖的"逻辑"、吴晗的"中国通史"、皮名举的"西洋通史"等必修课程,法商学院陈岱孙的"经济学概论"(演讲)等选修课,以及"军训"、"体育"等常规课。

入学后头两年,主要住在新校舍学生宿舍25号。

冬,时沈从文居住在北门街,萧珊(陈蕴珍)偕王育常(王树藏)从女生宿舍迁居沈从文宿舍大院二楼居住。汪曾祺也曾在此居住。同室或近邻的有中法大学法国文学系学生王道乾,联大学生何炳棣、吴讷孙等,王道乾的同学徐知免亦常来访。

1940 年　二十岁

年初,冬青文艺社成立,汪曾祺为成员之一。[①] 冬青

---

① 关于冬青社成立的具体时间,有不同说法。《国立西南联合大学校史:一九三七至一九四六年的北大、清华、南开》(西南联大北京校友会编,北京大学出版社 2006 年版)有"1940 年初"和"1940 年 9 月"两说(分别见该书第 337 页、第 387 页),《联大八年》(新星出版社 2010年版)有"有联大就有冬青社"之说,闻黎明《闻一多年谱长编》(湖北人民出版社 1994 年版)说是"1940 年 11 月"。此采杜运燮、李光荣说法,参看李光荣:《季节燃起的花朵——西南联大文学社团研究》,北京:中华书局 2011 年版,第 147 页。

社在成立后约一年间,出版《冬青文抄》、《冬青小说抄》、《冬青散文抄》、《冬青诗抄》等手抄本刊物,在图书馆陈列,举办演讲会、朗诵会等一系列活动,在校内享有盛誉。

4月12日,作小说《钓》(昆明《中央日报》1940年6月22日"平明"),是目前所见汪曾祺最早发表的文学作品。

大学一年级期间,延续自初中起就有的爱好——唱京剧,常约同学带着胡琴来宿舍演唱过瘾。因为唱京剧,开始结识物理系一年级的朱德熙,后成为终生挚友。

7月底,巴金抵达昆明,探望在西南联合大学外文系就读的未婚妻萧珊(陈蕴珍)。汪曾祺因此得以第一次见到巴金。

8月3日,聆听沈从文应联大师范学院国文学会邀请所作的演讲,题为"小说作者和读者"。

本月,汪曾祺的祖父汪嘉勋在高邮去世,享年七十七岁。①

---

① 汪嘉勋卒年,采《汪氏族谱》记载。具体月日,则采陆建华《汪曾祺传》(江苏文艺出版社1997年版)所附年谱中的说法。又,陆先生把卒年定为1936年,录以备考。

9月，施松卿参加联大学生组织的夏令营。①

10月7日，联大本学期开学，汪曾祺开始二年级课业。

中文系二年级课程基本不分文学组与语言组。本年中文系为二年级开设的必修课均为一学年，计有："文字学概要"，陈梦家讲授；"声韵学概要"，罗常培讲授；"中国文学史"，余冠英讲授；"各体文习作（一）"，沈从文讲授；"历代文选（唐、宋）"，张清常讲授。

本学年，汪曾祺听了闻一多的"古代神话"、刘文典的"中国文学专书选读（庄子）"。闻一多的课非常"叫座"，各院学生都来听。闻一多"用整张的毛边纸墨画出伏羲、女娲的各种画像，用按钉钉在黑板上，口讲指画，有声有色，条理严密，文采斐然，高低抑扬，引人入胜"。② 通修课方面，汪曾祺修习的有"哲学概论"、"第二年体育"和"英语"。

本学期，朱德熙从物理系转入中文系，与汪曾祺成为

---

① 许渊冲：《诗书人生》，天津：百花文艺出版社2003年版，第65页。
② 汪曾祺：《闻一多先生上课》，《南方周末》1997年5月30日。

同班同学。与外文系巫宁坤、赵全章过从甚密,经常在一起泡茶馆。汪曾祺最初的几篇小说是坐在钱局街的一家老式茶馆里写出来的。

10 月 13 日,敌机二十七架再次轰炸昆明,联大损失惨重。沈从文、卞之琳合住的宿舍被炸坏。

此后沈从文搬到文林街 20 号楼上居住。联大学生与昆明文学青年经常造访此处。每周沈从文一进城,汪曾祺必去拜访、闲聊、借书、还书。《我的老师沈从文》(作于 1981 年)写道:"我在西南联大几年,所得到的一点'学问',大部分是从沈先生的书里取来的。"

11 月,作小说《翠子》(昆明《中央日报》1941 年 1 月 23 日)、《恓郁》(昆明《今日评论》第 5 卷第 3 期,1941 年元月出版)。

1941 年 二十一岁

年初,刘北汜、萧荻、萧珊等冬青社社员搬到金鸡巷 4 号住,此地一时成为冬青社及文学爱好者的聚会场所,汪曾祺也是这里的常客。沈从文也常来,有时还把他的

朋友也拉来和大家谈谈。老舍从重庆过昆明时,曾来讲
"小说和戏剧"。金岳霖讲过"小说和哲学"。①

2月,发表小说《寒夜》(昆明《中央日报》1941年2月
13日)、《春天》(昆明《中央日报》1941年3月13日)。作
新诗《自画像——给一切不认识我的和一个认识我的》
(《大公报》1941年9月17日)。

本月3日,沈从文致信正在福建长汀厦门大学的施
蛰存,其中提到:"新作家联大方面出了不少,很有几个好
的。有个汪曾祺,将来必大有成就。"②这说明沈从文此
时已通过授课充分认识到汪曾祺的潜力。

3月,发表小说《复仇——给一个孩子讲的故事》(重
庆《大公报》1941年3月2日、3日)、新诗《昆明小街景》
(香港《大公报》1941年3月3日)。

4月,重刊新诗《昆明小街景》(桂林《大公报》1941年
4月12日,与此前香港版上发表本略有差异)。发表散
文体小说《猎猎——寄珠湖》(桂林《大公报》1941年4月

---

① 汪曾祺:《沈从文先生在西南联大》,《人民文学》1986年第5期。
② 张兆和主编:《沈从文全集》第18卷,太原:北岳文艺出版社2009年
　版,第391页。

25 日）。

5 月，作新诗《有血的被单》（桂林《大公报》1941 年 7 月 30 日）。发表新诗《小茶馆》（桂林《大公报》1941 年 5 月 26 日）。

6 月，发表新诗《消息——童话的解说之一》（昆明《中央日报》1941 年 6 月 12 日）、《昆明的春天——不必朗诵的诗，给来自故乡的人们》（《大公报》1941 年 6 月 18 日"文艺"）。

本月，参加期终考试，考前熬夜看借来的笔记，到"大二英文"考试时，因睡过头而未能参加考试，结果本门课程零分，这是后来他没能如期毕业的原因之一。①

7 月，作小说《河上》（昆明《中央日报》1941 年 7 月 27 日和 29 日"文艺"，署名"西门鱼"）。巴金第二次来到昆明，看望未婚妻萧珊及文艺界朋友们，住到 9 月。冬青社邀请巴金开了一次座谈会。

8 月，发表新诗《封泥——童话的解说之二》（昆明《中央日报》1941 年 8 月 16 日"文艺"）。月底，完成小说

---

① 事见汪曾祺《悔不当初》，《时代青年》1993 年第 4 期。

《匹夫》(昆明《中央日报》1941 年 8 月 31 日、9 月 6 日、9 月 7 日、9 月 8 日、9 月 10 日、9 月 25 日"文艺",署名"西门鱼")。

9 月,小说《灯下》经沈从文推荐刊于昆明《国文月刊》第 1 卷第 10 期"习作选录"栏。

10 月,作十四行新诗《落叶松》初稿。

本月,联大 1941—1942 年度开课,汪曾祺开始三年级学业。

本学年汪曾祺修习朱自清主讲的"宋诗"课(即"历代诗选(宋)",感觉朱自清授课效果不佳,遂不能坚持出勤,以至于朱自清有所不满。另外修习了刘文典主讲的"昭明文选"、闻一多的"中国文学专书选读:楚辞"、"历代诗选(唐)",对闻一多的学问和风度都备极欣赏。选修沈从文的"创作实习"。外系课程则修习了哲学心理学系冯文潜教授的"美学"。

本月,中文系四年级林抡元(林元)等开始筹划出版文学刊物,"文聚社"开始形成,成员有马尔俄(蔡汉荣)、李典(李流丹)、马蹄(马杏垣)、穆旦(查良铮)、杜运燮、刘北汜、田堃(王铁臣、王凝)、汪曾祺、辛代(方龄贵)、罗寄一（江瑞熙）、陈时（陈良时）等。^①"文聚社"的成立，得到沈从文的大力支持，汪曾祺成为该社团的积极分子。

11月，十四行新诗《落叶松》定稿，后刊于昆明《中央日报》1941年11月24日"文艺"，署名"汪若园"。新诗《文明街》刊于昆明《中央日报》1941年11月16日"文艺"，署名"汪若园"。

12月，散文《私生活》发表于本月9日出版的成都《国民公报》"文群"，共有三题：《图像与教训》、《作客的蓦想》、《蛊》。这是目前所见汪曾祺最早发表的散文作品。改定小说《待车》，刊于《文聚》半月刊1942年1、2期。

本年，热衷于唱昆曲，积极参加陶光、罗常培、许茹香组织的昆明"昆曲研究会"的活动。

1942年　二十二岁

2月，"文聚社"社刊《文聚》创刊号出版，先后出版两

---

① 林元：《一枝四十年代文学之花——回忆昆明〈文聚〉杂志》，《新文学史料》1986年第3期。该文后收入《碎布集》（文化艺术出版社1991年版）。

卷共六期(一说八期),到 1945 年停刊。

3 月,本学期开学。中文系文学组三年级仍继续学习上学期各门课程,本学期没有新开课程。汪曾祺听过外国语文学系吴宓教授的"中西诗之比较"。[1]

4 月,作小说《谁是错的?》(《大公报》1942 年 6 月 8 日)。

上半年,与中文系同学杨毓珉、哲学系同学周大奎等成立"山海云剧社"。随后试演南国社的《南归》、陈白尘根据艾芜小说改编的《秋收》。[2] 暑假期间,山海云剧社演出曹禺的《北京人》,汪曾祺管化妆。

7 月,发表小说《结婚》(桂林《大公报》1942 年 7 月 27日、28 日"文艺"),署名汪曾祺。

8 月,昆明儿童剧团开始公演根据班台来耶夫著、鲁迅译的《表》改编的同名五幕六场儿童剧。汪曾祺受邀担任化妆工作。30 日,冬青社组稿的《贵州日报》"革命军诗刊"改报头"冬青"发刊,但当期同时刊出《联大冬青文

---

[1] 汪曾祺:《新校舍》,《芒种》1992 年第 10 期。

[2] 刘彦林、魏铭让:《西南联大中国建设中学——我们所知道的中国建设中学》,北京万佛华侨陵园网上纪念园 2009 年 6 月 14 日文章,http://article.netor.com/article/memtext_92520.html。

社启事》,宣告停刊。

雨季,写了一些昆虫散文,集为《昆虫书简》。书未出版。篇目及发表状况不详,多数仍见遗。

9月,联大开学。汪曾祺开始大学四年级学业。本学期汪曾祺修习"词选"课,该课本为浦江清主讲,因浦江清休假回上海老家后辗转在途仍未归滇,由文字学家唐兰代为讲授。[1] 选修了王力的"诗法",修习过程中,根据一位同学题抽象派画的一句新诗"愿殿堂毁塌于建成之先"填了一首词上交,王力写了两句诗作为评语:"自是君身有仙骨,剪裁妙处不须论。"[2]另外,也选修了杨振声的"历代诗选(汉魏六朝)"一课。在汪曾祺印象中,杨振声"上课比较随便,也很有长者风度"。[3] 汪曾祺根据"车轮生四角"这句古诗写了一份很短的作业《方车论》,从诗句的奇特想象阐发依依惜别之情的独特表达,杨振声十分

---

① 汪曾祺:《新校舍》,《芒种》1992年第10期。
② 《西南联大中文系》(1988年)提及此事,未说该学生的名字。汪曾祺在家和子女则说其就是他自己。见汪朗等:《老头儿汪曾祺——我们眼中的父亲》,北京:中国青年出版社2012年版,第32页。
③ 汪曾祺:《听沈从文上课》,见李辉:《和老人聊天》,郑州:大象出版社2003年版。

欣赏,期末宣布他是唯一免考的学生。[①]后来,汪曾祺与杨振声过从甚密。

11月,发表新诗《二秋辑》(昆明《生活导报周刊》第1期,1942年11月13日)。写完小说《唤车》(《世界学生》1943年第2卷第3期)。

12月,发表新诗《旧诗》(桂林《大公报》1942年12月8日)。

1943年　二十三岁

2月20日,新学期开学。除全学年开设的课程继续进行外,本学期为四年级新开的课程有:"曲选",浦江清讲授;"中国文学专书选读系列:尚书",陈梦家讲授;"毕业论文",本系教授指导;"文学概论",杨振声讲授;"训诂学",罗常培讲授;"乐府诗",闻一多讲授;"元遗山",刘文

[①] 汪曾祺在文章(如1988年所写的《西南联大中文系》一文)中忆及时,均未提这是他自己的事,但在家中对子女说如此。见汪朗等:《老头儿汪曾祺——我们眼中的父亲》,北京:中国青年出版社2012年版,第32页。

典讲授;"吴梅村",刘文典讲授。

3月,作散文《小贝编》(昆明《大国民报》1943年4月28日、5月1日"艺苑")。草成小说《除岁》(桂林《文学杂志》第1卷第2期,1943年11月5日出版)。

毕业前夕,罗常培为汪曾祺写信给先修班主任李继侗,介绍他到先修班教国文,信中提到"该生素具创作夙慧"。因"体育"和"大二英文"成绩不合格,汪曾祺未能在1943年夏天如期毕业,滞留于西南联大补修课程。

约6月下旬,参加山海云剧社暑假活动,排练曹禺根据巴金小说改编的话剧《家》。汪曾祺负责化妆,并扮演剧中的老更夫。

雨季,写了一些散文,集为《雨季书简》、《蒲桃与钵》。书未出版,篇目及发表状况不详。

10月末,周大奎、杨毓珉、魏铭让、刘彦林、董杰等在李公朴、马约翰、龙云的支持下,取得中华职业社的孙起孟帮助,筹办中国建设中学。汪曾祺也是创办人之一。

11月,西南联大教授委员会决定,四年级男生一律征调为译员,不服征调两年兵役者,不发毕业文凭。

本月,汪曾祺始在西南联大师范专修科担任书记,至次年三月结束。①

　　12月,作散文《烧花集》及其题记(昆明《建国导报》创刊号,1943年12月25日出版)。

　　本年,卞之琳所译的福尔《亨利第三》与里尔克的《旗手》以《亨利第三与旗手(叙事散文诗两篇)》为名,由昆明文聚社重新出版。这两个作品对汪曾祺的写作有极大影响。

1944年　二十四岁

　　1月,西南联大四百一十六名四年级学生前往战地服务团进行体格检查,以应征担任随军译员。汪曾祺对此采取消极态度,未应征。

　　4月3日前后,经朋友邀约,到南英中学教书。不久,校方拟任为训育主任,以自己是"名士派"为辞婉谢。②

---

① 据《国立西南联合大学全校教职员名单册(1946年)》,见王文俊主编:《国立西南联合大学史料》第4卷(教职员卷),昆明:云南教育出版社1998年版,第291页。
② 见汪曾祺1944年4月18日致信朱奎元的叙述。参看徐强:《汪曾祺致朱奎元信本事索解及系年考证》,《现代中文学刊》2017年第2期。

本月 18 日,致信朱奎元。现存件仅残存后半部分。这部分谈及从吴奎口中得知中学老师顾调笙的情况,请对方代向其问安。报告在南英中学教书半月以来的状况。表示缅北战事进展后,想各处看看。这封信的行文多有文言风格,大约是与朱奎元先前曾向汪曾祺表示有意提高自己的文言水平有关。[①]

4 月,作小说《小学校的钟声——茱萸小集之一》,后刊于《文艺复兴》第 1 卷第 2 期(1946 年 2 月 15 日出版)。

5 月 7 日,晚上十一点多,在文林街遇任振邦,向任借得 1 000 元。这时汪曾祺因为无钱,已经十二个小时没有吃饭了。[②]

5 月 9 日,写长信致朱奎元。信中叙述了前日与任振邦的见面、谈话。信中报告自己一个月来的心境和写作进展:"一月来,除了今天烦躁了半点钟,其余都能安心读书作事,不越常规。即是今天,因为连着写了五封不短

---

① 汪曾祺 1944 年 5 月 22 日致朱奎元信提及。参看徐强:《汪曾祺致朱奎元信本事索解及系年考证》,《现代中文学刊》2017 年第 2 期。
② 据 1944 年 5 月 9 日致朱奎元信。参看徐强:《汪曾祺致朱奎元信本事索解及系年考证》,《现代中文学刊》2017 年第 2 期。

的信,也差不多烛照清莹,如月如璧了。(……)百忙中居然一月写了三万字,一部分是自传,写我的家,我的教育,我的回忆和'回忆';另一部分仍是自传,写近一年种种,写那种将成回忆的东西。"信的主要部分,则是宣泄了两个方面的积郁。一是述说因父亲未能汇钱来,自己陷入困顿,因此对父亲产生抱怨,二是述说自己与"蓝家女孩子"的感情体验。

5月,发表散文《葡萄上的轻粉》(《云南民国日报》1944年5月18日"文艺")。22日,作复朱奎元一周前来信。讲述了与蓝家女孩子的感情波动,报告自己的工作近况与计划,说:"我已经够忙了,但我还要找点事情忙忙。我起始帮一个人编一个报,参与筹谋一切。我的小说一般人不易懂,我要写点通俗文章。除了零碎小文之外,有计划写一套'给女孩子',用温和有趣笔调谈年青女孩子各种问题。现在正在着手。印出来之后寄你看看。"以略带戏谑的口吻谈起自己的困顿之状:"我还是穷。重庆那笔钱已经接洽好,我已经接到家里信,说已送了去,可是那边一直不汇来! 不过不要紧,我已经穷出骨头来,这点时候还怕等吗。你只要想我不久就可稍稍阔起来，有两件新大褂，一双皮鞋，一双布鞋，有袜子，有手绢，有纸笔，有书，有烟，有一副不穷的神情，就为我高兴吧。"

约此时，租住民强巷五号一王姓人家的东屋。① 民强巷生活这段时期是汪曾祺十分困窘、落魄的时期。汪曾祺在《觅我游踪五十年》(1991 年)中写道："白天，无所事事，看书，或者搬一个小板凳，坐在廊檐下胡思乱想"，"晚上，写作，记录一些印象、感觉、思绪，片片断断，近似 A. 纪德的《地粮》。"

暑假前夕，致信朱奎元。透露自己的写作计划："我想把未完成的'茱萸集'在我不死，不离开，不消极以前写成，让沈二哥从文找个地方印去。"②

本学年，好友、1940 级学生杨毓珉修习闻一多"唐诗研究"，汪曾祺代他写期末读书报告《黑罂粟花——李贺

---

① 1944 年 5、6 月份与朱奎元通信多封，唯 6 月 9 日信上注明"信寄民强巷四号"，这透露是在此前搬到民强巷住的。汪曾祺住在该街巷五号，而信中"四号"之说，推测是因其人不常在家，故委托四号收信。
② 参看徐强：《汪曾祺致朱奎元信本事索解及系年考证》，《现代中文学刊》2017 年第 2 期。

歌诗编读后》。该文受到闻一多激赏。《闻一多先生上课》(1997年)忆及,闻一多对"那位同学"(指杨毓珉)说:"你的报告写得很好,比汪曾祺写的还好!"[1]

7月26日,致信朱奎元。说到近来的荒凉心境,是因为"这期间除了商量汇钱汇付事俗的小条子之外,我简则就没写什么。而正因为那些小条子写得比往日多,我便不能好好给人写一封信"。

7月29日,致信朱奎元。称自己这两天精神"居然不坏",今天尤其好,觉得很幸福。坚决规劝对方离开贵州桐梓。

9月,暑假过后,中国建设中学搬到昆明北郊黄土坡观音寺。

约本年秋天,应教生物的同事邀请,参加了师生野外考察活动,与西南联大生物系助教蔡德惠同行。[2]

10月1日为阴历中秋节,朱德熙、何孔敬订婚,何父

---

[1] 汪曾祺去世后,杨毓珉说明情况并向家属提供底本,汪朗等著《老头儿汪曾祺——我们眼中的父亲》(中国人民大学出版社2000年版)首先揭载该文,见该书第26—31页。"唐诗研究"实为"历代诗选(唐)"。

[2] 汪曾祺:《蔡德惠》,上海《大公报》1947年3月7日"文艺"副刊。

设宴,招待两位媒人——朱德熙的舅舅、西南联合大学物理系教授王竹溪和朱德熙的老师、联大中文系教授唐兰,汪曾祺作陪。[1]

约本年,在黄土坡写成小说《复仇》,后刊于 1946 年《文艺复兴》第 1 卷第 4 期(1946 年 5 月 1 日出版),初收《邂逅集》。

1945 年　二十五岁

约春天某月[2],在黄土坡作日记数篇,其中透露出正在看纪德的书、拉马丁的小说《葛莱齐拉》、文艺复兴画家马西斯的绘画,也写到自己的闲适、孤寂、忧愁,及对女子 N 的回忆与怀念,留下恋爱生活之鳞爪。1946 年,在白马庙工作时将这四篇日记抄出,以《花・果子・旅行——日记抄》为题,刊于《文汇报》1946 年 7 月 12 日"笔会"。

5 月初,西南联大、云南大学、中法大学、英专等校联

---

① 何孔敬:《长相思——朱德熙其人》,北京:中华书局 2007 年版,第 54 页。
② 这几篇日记未缀具体写作时间,只缀以"七日"、"八日"、"九日"、"十日"字样。根据其中提及的一些物候情况,笔者判断其作于春季。

合举行"五四"纪念活动周。活动周中各项活动,都有中学生、社会青年等参加,其中包括中国建设中学师生。

6月,发表散文《花园——茱萸小集二》(《文聚》第2卷第3期,1945年6月出版)。17日,时隔一年之后,再次致信朱奎元。叙述自己下乡一年的近况:"我在乡下住了一年,比以前更穷,也更孤独,穷不用提,孤独得受不了,且此孤独一半由于穷所造成,此尤为难堪。"

7月,作《干荔枝》,包括《恶作剧》、《波斯菊》、《遗憾》三题。《恶作剧》、《波斯菊》发表于《观察报》1945年7月14日"新希望",《遗憾》发表于《观察报》1945年7月16日"新希望"。

本月,施松卿从西南联大外文系毕业。

约本年上半年,山海云剧社公演《雷雨》,汪曾祺兼化妆主任,并扮演剧中的鲁贵一角。[1]

9月,农历中秋节,朱德熙、何孔敬结婚,婚事全由汪曾祺帮助操持。朱、何婚后,家里常客不少,汪曾祺(常携施松卿)是其中之一。其他常来者还有杨周翰及夫人王

---

[1] 汪曾祺:《观音寺》,《滇池》1987年第6期。

还、李赋宁、陈镇南、郑侨等。[1] 约9月,原在观音寺的中国建设中学迁到白马庙。

12月1日,"一二·一惨案"发生。暴徒袭击云大、联大,联大女生潘琰等四人牺牲。2日下午,昆明市中等以上学校罢课联合委员会在西南联大新校舍图书馆前举行四烈士入殓仪式。朱德熙、汪曾祺、李荣一起参加。

本年,在白马庙作小说《老鲁》,后刊于《文艺复兴》第3卷第2期(1947年4月1日出版),初收于《邂逅集》。

1946年 二十六岁

年初,西南联大师生多数已经离开昆明。汪曾祺和施松卿仍滞留,不时到朱德熙家高谈阔论。

3月,作散文《前天》(北平《经世日报》1946年10月13日"文艺周刊")。

4月14日,携施松卿约朱德熙及其夫人何孔敬一起赴云南省长龙云的公馆,参加联大昆明校友会为欢送母

① 何孔敬:《长相思——朱德熙其人》,北京:中华书局2007年版。

校师长而举行的午餐招待,并聆听闻一多演讲。

5月4日,西南联合大学宣告结束。

6月,作散文《街上的孩子》(《文汇报》1946年9月30日"笔会")。

7月,沈从文举家乘飞机离昆赴沪。离开前,郑重地对汪曾祺说:"千万不要冷嘲。"①15日,闻一多在昆明发表最后一次讲演,随即被国民党特务射杀,终年四十七岁。汪曾祺听到消息来到朱德熙家,报告情况并表示愤慨。稍后,汪曾祺与施松卿途经越南海防、香港。

8月,在香港与施松卿分别,施松卿独自回福建,汪曾祺送施松卿上船后自己赴上海。② 抵沪后,先到镇江与家人短暂团聚,未几,返回上海谋职。因找不到工作,曾想过自杀。沈从文写了一封长信把他"大骂了一通",说:"为了一时的困难,就这样哭哭啼啼的,甚至想到要自杀,真是没出息!你手中有一支笔,怕什么!"③施松

① 汪曾祺:《一个乡下人对现代文明的抗议》,手稿。
② 汪曾祺:《牙疼》,《济南日报》1992年8月1日。
③ 汪曾祺:《沈从文的寂寞——浅谈他的散文》,《读书》1984年第8期,又载《中国现代文学研究丛刊》1985年第2期。汪曾祺:《星斗其文,赤子其人》,《人民文学》1988年第7期。

卿回到福建后,在英华中学谋得教职。

9月,发表小说《磨灭》(《大公报》1946年9月12日)。

本月,在李健吾介绍下到私立上海致远中学教书,承担国文、外国历史等课程。①

10月,发表小说《庙与僧》(上海《大公报》1946年10月14日)。作散文《风景》(《文汇报》1946年10月25日、26日"笔会",包括《一、堂倌》、《二、人》、《三、理发师》三题)。作散文《"滕行的人"引》(《益世报》1947年5月18日)。

11月,作《他眼睛里有些东西,决非天空》(《文汇报》"笔会"1946年11月13日),文体介乎散文、小说之间。

12月,发表散文《昆明草木》(上海《文汇报》1946年12月27日"浮世绘"),署名"方栻臣",包括《序》、《一、草》、《二、仙人掌》、《三、报春花》、《四、百合的遗像》五题。

本年,巴金定居上海卢湾区的淮海坊59号后,汪曾祺、穆旦、刘北汜等常在他家晚餐,饭后聊天,往往至夜深。②

---

① 林益耀:《汪曾祺与致远中学》,《文汇报》2009年1月23日;同时结合林益耀先生接受笔者访问时提供的情况。
② 黄裳:《伤逝——怀念巴金老人》,《巴金研究》2005年第3期。

1947 年　二十七岁

　　1 月,作小说《鸡鸭名家》(《文艺春秋》第 6 卷第 3 期,1948 年 3 月 15 日出版),收入《邂逅集》。作小说《醒来》(上海《大公报》1947 年 1 月 16 日),作散文《飞的》(《文汇报》1947 年 1 月 14 日"笔会",署名"西门鱼",包括《鸟粪层》、《猎斑鸠》、《蝶》、《矫饰》四题)。

　　约 1 月,旧历年末,汪曾祺从上海到扬州,与家人见面。一个月后,再回上海。

　　2 月初,沈从文在复李霖灿(美术史家)、李晨岚(画家)信中,顺便托其代为汪曾祺谋职。信中说:"我有个朋友汪曾祺,书读得很好,会画,能写好文章,在联大国文系读过四年书。现在上海教书不遂意。若你们能为想法在博物馆找一工作极好。"[1]

　　3 月,作散文《蔡德惠》(天津《大公报》1947 年 3 月 7

---

[1]　张兆和主编:《沈从文全集》第 18 卷,太原:北岳文艺出版社 2009 年版,第 465 页。其中"国文系"应为"中文系"。

日"文艺")。

5月,作文艺论文《短篇小说的本质——在解鞋带和刷牙的时候之四》(《益世报》1947年5月31日"文学周刊"),这是早期汪曾祺小说思想的集中展现。发表散文《室外写生》(《少年读物》1947年第4期,为4月、5月合刊)。"室外写生"题下又有分标题"一、白马庙",说明本为一组文章,但目前仅见此一题。①《白马庙》写在昆明白马庙游览和居住的经历印象。

6月,发表小说《驴》(北平《经世日报》1947年6月15日"文艺周刊")。作小说《职业》(《益世报》1947年6月28日),包括《职业》、《年红灯》两题。②后于1980、1981、1982年先后三次重写,足见汪曾祺对这个故事的重视和喜爱。作小说《落魄》(《文讯》新7卷第5期,1947年10

① 据笔者从上海图书馆查阅到的资料,该期《少年读物》很可能是最后一期。也许该刊原打算分期刊载汪曾祺的《室外写生》,但因意外停刊,遂致汪文不全。
② 篇末缀"一九四七年六月中"。按此,则本篇写于上海。但汪曾祺在1982年重写本篇时,篇末又自注:"这是三十多年前在昆明写过的一篇旧作,原稿已失去。前年和去年都改写过,这一次是第三次重写了。"可能有两种情况:一、汪曾祺误记;二、《职业》最初写于昆明,到沪后于六月中改定。

月出版),收入《邂逅集》,后于1982年经过较大修改后收入《汪曾祺短篇小说选》。

5月到6月间,奋力写作,共写了十二万字,而且自觉"大都可用"。

7月,作小说《绿猫》(《文艺春秋》第5卷第2期,1947年8月号)、小说《戴车匠》(《文学杂志》第2卷第5期,1947年10月出版,该小说后收入《邂逅集》)。发表小说《冬天》(《经世日报》1947年7月6日)、散文《歌声》(上海《大公报》1947年7月11日)、散文《幡与旌》(《益世报》1947年7月26日,包括《一、大不起来的小猫》《二、死去的字》两题)。

本月,黄永玉来汪曾祺处,这是二人第一次见面,自此开始结交。见面次日(1947年7月15日)汪曾祺即致信沈从文,谈到黄永玉,认为他是个"天才"。信中并请求沈从文、杨振声帮忙给施松卿找个比较闲逸的工作。这时汪曾祺已有去北方工作的意愿。

夏,施松卿谋到北大西语系助教位置,北上就职。途经上海与汪曾祺相见,两人订婚,施松卿劝他也到北平。施松卿就任北大教职后,负责公共英语课。

8月,发表散文《蝴蝶——日记抄》(《经世日报》"文艺周刊"1947年8月24日)。

暑假后,继续在致远中学教书。据当年学生张希至回忆,汪曾祺的国文课很少按课本内容讲授,而是常讲闻一多、朱自清、李广田、沈从文、何其芳、巴金、鲁迅等许多作家的作品。学生们最感兴趣的课是汪曾祺的作文课,因为他总喜欢出一些能够激发学生想象力的题目。①

9月,发表小说《囚犯》(《人世间》复刊第2卷第1期),收入《邂逅集》。作小说《牙疼》(《文学杂志》2卷4期,1947年9月出版)。

秋,"九叶派"青年诗人唐湜访问汪曾祺,想给他写篇"像样的评论",但汪曾祺以《穆旦诗集》出示②,并说:"你先读读这本诗集,先给穆旦写一篇吧,诗人是寂寞的,千古如斯!"这是唐湜第一次接触穆旦的诗,读了之后感觉"阔大、丰富、雄健、有力",于是在振奋之中,于1948年3

---

① 张希至:《我的老师汪曾祺》,段春娟、张秋红编:《你好,汪曾祺》,济南:山东画报出版社2007年版。

② 当指1947年5月沈阳初版的《穆旦诗集(1939—1945)》,1993年中国文联出版公司"中国现代诗歌名家名作原版库"丛书即据该版本重排出版,书前说明中说"无出版社,当为自费出版物"。

月写成万余字的《穆旦论》。①

12月,作小说《异秉》(《文学杂志》第2卷第10期,1948年3月出版)。

本年,汪曾祺与黄裳、黄永玉成为知交,经常在一起吃喝、聊天、逛旧书店,后来人称沪上"三剑客"。汪曾祺的才华深得二位朋友尤其是黄永玉激赏。②

本年,沈从文因发表杂文受到左翼文化界的攻击,上海的朋友巴金、李健吾等希望沈从文不要再写这样的文章。汪曾祺遂写信给沈从文,转达大家的劝告。

1948年 二十八岁

2月,发表散文《背东西的兽物》(《大公报》1948年2月1日"星期文艺")。唐湜完成《虔诚的纳蕤思——谈汪曾祺的小说》一文,这是目前所见最早的汪曾祺作品专论。

---

① 唐湜:《忆诗人穆旦——纪念穆旦逝世十周年》,《文艺报》1987年5月16日,增补后改题《怀穆旦》,收入《翠羽集》,济南:山东友谊出版社1998年版。
② 黄永玉:《太阳下的风景》,《黄永玉散文》,广州:花城出版社1998年版。

3月,经天津到北平。开始一段时间求职无门,处于失业状态,生活多靠施松卿接济。这期间,寄住北大沙滩红楼,时常可以见到废名。[①]

4月,发表散文《白松糖浆》(《天津民国日报》1948年4月12日"艺文")。作散文《勿忘侬花》(《天津民国日报》1948年5月3日"艺文")。

5月,作《书〈寂寞〉后》(《益世报》1948年5月29日)。《寂寞》系不久前自缢身亡的联大同学薛瑞娟的短篇小说遗作。[②] 小说《三叶虫与剑兰花》发表在本月创刊的上海《文艺工作》。

本月,经沈从文帮助,进入位于午门的历史博物馆充任办事员,保管仓库、为藏品写说明卡片。

[①] 施行《汪曾祺与施松卿谈婚论嫁的前前后后》等文中说汪曾祺在北京失业半年后才在历史博物馆谋得职位。但根据其当年5月份在历史博物馆写作《礼拜天的早晨》来看,至迟在5月份,汪曾祺就已在历史博物馆工作,失业状态不超过两三个月。

[②] 薛瑞娟,女,约1919年生,浙江绍兴人,1940年考入西南联合大学文学院。1944年7月毕业。毕业前一年与物理系学生桂立丰结婚。毕业后曾在浙江同乡会及邮局等处工作。战后回到北平。1947年暂回宁波居住。因求职无门、家庭负担重,于当年5月2日在宁波夫家自缢身亡。参看《根着我比纪念我好得多——一名知识女性自缢身亡震惊世人》,《鄞州日报》2004年9月21日。

6月,发表散文《昆明的叫卖缘起》(《大公报》1948年6月27日"大公园地")。是为自己计划中的《昆明的叫卖》系列文章所作的序引。

7月,发表散文《斑鸠》(《新路周刊》第1卷第9期,1948年7月10日出版)、《蜘蛛和苍蝇》(《新路周刊》第1卷第10期,1948年7月17日出版),小说《锁匠之死》(《平明日报》1948年7月18日"星期艺文")。

9月,作散文《礼拜天早晨》(《文学杂志》第3卷第6期,1948年9月出版),包括《礼拜天早晨》、《疯子》两题。又刊于《中国新诗》1948年第5期。

11月,作散文《道具树》(天津《大公报》1948年11月28日"星期文艺")。发表《卦摊——阙下杂记之一》(《益世报》1948年11月1日、8日"文学周刊",分两次刊出),文体介乎散文小说之间。7日,参加在北京大学蔡孑民先生纪念堂举行的"方向社"第一次座谈会,出席者有朱光潜、沈从文、冯至、废名、钱学熙、陈占元、常风、沈自敏、金隄、江泽垓、叶汝琏、马逢华、萧离、高庆琪、袁可嘉等。座谈会记录《今日文学的方向》刊于《大公报》11月10日"星期文艺"。汪曾祺发言,针对沈从文把"文以载道"问题比作驾车者需要接受红绿灯制约,汪曾祺指出这个比喻不恰当,并吁请前辈们把自己的经验告诉年轻人。30日,写长信致黄裳,谈此前已寄给黄裳请其代转某作家看的小说新作《赵四》。据所谈及的情况判断,《赵四》一篇系据所见闻的事实写成。该篇小说目前仍见遗。

本年,作小说《艺术家》《邂逅》,似未单独发表,皆收入《邂逅集》。

本年,汪曾祺的祖母谈氏逝世,享年八十五岁。

1949 年　二十九岁

1月,高邮解放。至4月23日,扬州全境解放。高邮解放后不久,父亲汪菊生带着任氏和孩子们从镇江回到高邮。

本月,精神压力巨大的沈从文,病情发展为精神失常,受金岳霖等朋友邀请居住在已先期解放的清华园。在与夫人张兆和的通信中,多次提及汪曾祺、金隄、王逊等几名关系亲密的学生。

春天,汪曾祺与施松卿结婚。

3月,汪曾祺报名参加四野南下工作团。

4月，人民解放军横渡长江。南京解放，国民党在大陆的统治宣告结束。汪曾祺随南工团南下先遣队乘上火车南下。

本月，短篇小说集《邂逅集》由上海文化生活出版社出版，系巴金主编"文学丛刊"之一。收八篇小说：《复仇》、《老鲁》、《鸡鸭名家》、《落魄》、《戴车匠》、《囚犯》、《艺术家》、《邂逅》。

5月，武汉解放。汪曾祺随解放军进入武汉。随后任汉口二女中副教导主任。因1936年在南菁中学参加"复兴社"的一段历史，受到审查。①

7月，从自杀阴影中走出、情绪日见好转的沈从文，致信在香港的黄永玉，信中流露出积极进取的态度。信中两次提到汪曾祺，并以他的随军之路来鼓舞黄永玉也走同样的道路。②

① 汪朗等：《老头儿汪曾祺——我们眼中的父亲》，北京：中国青年出版社2012年版，第67页。
② 信发表于香港《大公报》1949年8月11日"大公园"副刊。该信见遗于北岳文艺出版社2002年版《沈从文全集》。李辉《传奇黄永玉》（人民日报出版社2010年版）第一次披露局部图片（见该书第243页）。笔者重为释读整理。

10 月,中华人民共和国宣告成立。

1950 年　三十岁

夏天,汪曾祺回到北京。不久,在西南联大同学杨毓珉、王松声(时任北京市文委负责人)介绍和安排下,任北京市文联本年 1 月刚创刊的通俗文艺刊物《说说唱唱》编辑部主任。李伯钊、赵树理任该刊主编。这期间,汪曾祺先后在东单三条、河泊厂住家。

9 月,北京市文联《北京文艺》创刊。老舍任主编,汪曾祺为编辑部总集稿人。18 日,参加北京市文联召开的诗歌朗诵座谈会。老舍担任座谈会主席,与会者还有卞之琳、沙鸥、徐迟、连阔如、杨振声、赵树理、端木蕻良、苏民、罗常培等九人。座谈会记录刊于 1950 年 11 月 10 日《北京文艺》第 1 卷第 3 期。这个时期,汪曾祺在单位与同志间关系融洽,心情舒畅。

10 月,读到巴金译德国革命作家鲁多夫·洛克尔《六人》一书,从后记中知道巴金因陷入人事纠纷中,十分苦恼,随后(10 月 7 日)致信巴金谈自己的感受,予以宽慰。信藏中国现代文学馆。

本月,《说说唱唱》第 10、11 期连载安徽作家陈登科的小说《活人塘》。这篇著名的作品是汪曾祺从不拟采用、准备丢弃的来稿中发现后提交给主编赵树理的,后来成为陈登科的成名作。

12 月,黄永玉画展将在香港举办。汪曾祺为其撰《寄到永玉的展览会上》(香港《大公报》1951 年 1 月 7 日)。这是目前所见汪曾祺解放后最早发表的作品。为写该文,他特地到沈从文家看了黄永玉为沈从文的两个儿子沈龙朱、沈虎雏所画的肖像。

1951 年　三十一岁

1 月,《一切都准备好了》刊于本月 21 日香港《大公报》,署名汪曾祺、江山。

3 月,特写《一个邮件的复活——访问北京邮电管理局无着邮件股》刊于本月 15 日出版的《北京文艺》第 2 卷第 1 期。该文系读到《人民日报》1951 年 1 月 26 日第二版"读者来信"栏刊出的《华侨学生林爱梅感谢人民邮政工作者》一文后受到感动,循此线索加以访问而撰写的。

5月,发表艺术评论《丹嬢不死》(《北京文艺》第2卷第3期,1951年5月15日出版)。20日,毛泽东为《人民日报》写的重要社论《应当重视电影〈武训传〉的讨论》发表,批判《武训传》的运动开始。汪曾祺也写了《武训的错误》一文(《人民日报》1951年5月27日,旋被《人民周报》本年第22期转载)。

6月2日,汪曾祺的儿子汪朗出生。

本月,发表《听侯宝林同志说相声》(《新民晚报》1951年6月13日)。

8月,发表小说评论《赵坚同志的〈磨刀〉与〈检查站上〉》(《北京文艺》第2卷第6期,1951年8月出版)。

此期间,汪曾祺除了不时去看望在历史博物馆工作的沈从文外,与作为前辈作家和单位领导的北京市文联主席老舍、刚调来文联工作的同龄人林斤澜及稍年轻些的邓友梅交往频繁。老舍每年两次在家招待市文联同人,汪曾祺每次都参加。老舍待人接物的君子古风给他留下深刻印象,也影响了他自己的处事风格。① 老舍有一次在检查思想的生活会上说:"我在市文联只'怕'两个人,一个是端木,一个是汪曾祺。……今天听了他们的发言,我放心了。"②

11月,《北京文艺》停刊,编辑人员与《说说唱唱》编辑部合并。

本月,汪曾祺参加中央土改工作团中南区第二十二团,赴江西进贤参加土改。该团共有成员一百一十九人,时任北大西语系教授的冯承植(冯至)任团长,团员中文教工作者居半数以上。工作团在进贤分为五个队,汪曾祺所在的第三队共二十一人。③ 汪曾祺被分配到夏家庄王家梁(村)。

本年,作人物特写《怀念一个朝鲜驾驶员同志》,收入《我们的血曾流在一起》,光明日报出版社1951年版;又收入《中朝人民的战斗友谊》,人民出版社1951年版。

---

① 汪曾祺:《老舍先生》,《北京文学》1984年第5期。
② 汪曾祺:《哲人其萎——悼端木蕻良同志》,《北京文学》1997年第3期。
③ 中央土改工作团中南区第二十二团《土改工作总结报告》,冯至先生存本,冯姚平女士向笔者提供复制件。

1952 年　三十二岁

1月到3月,在进贤王家梁进行土地改革工作。与汪曾祺同在王家梁小组的有两人,一是女高音歌唱演员邹德华,二是嘉兴寺和尚静融法师,汪曾祺担任小组长。先后经过了划阶级、斗地主、分果实、参加劳动等环节。其间和静融法师交往较多。[①] 3月底,进贤土改结束。

4月,回到北京。[②]

8月,发表人物特写《从国防战士到文艺战士——记王凤鸣》(《说说唱唱》1952年8月号)。

本月,施松卿从北京大学调入新华社对外新闻编辑部。

1953 年　三十三岁

4月,长女汪明出生。

---

① 汪曾祺:《和尚·静融法师》,《今古传奇》1989年第5期。
② 土改团回北京时间,据冯姚平编《冯至年谱》,见冯姚平编:《冯至全集》第12卷,石家庄:河北教育出版社1999年版。

本年，汪曾祺与邓友梅、林斤澜频相过从，常在一起品酒。①

1954 年　三十四岁

2 月，古诗今译《井底引银瓶》刊于《说说唱唱》本年 2 月号，署"曾其试译"。同名原诗为唐代白居易所作。

6 月，黄永玉在致黄裳的两封信（1954 年 6 月 12 日、1954 年 6 月 26 日）中均谈及汪曾祺："曾祺常见面，编他的《说说唱唱》，很得喝彩。""曾祺有点相忘于江湖的意思，另一方面，工作得实在好，地道的干部姿态，因为时间少，工作忙，也想写东西，甚至写过半篇关于读齐老画的文章，没有想象力，没有'曾祺'，他自己不满意，我看了也不满意，也就完了。我常去看他，纯粹地挂念他去看他，谈谈，喝喝茶抽抽烟（我抽烟了），这种时间颇短的。"②

① 邓友梅：《往事一瞥（节选）》，蒋子龙主编：《茅台故事 365 天》，北京：作家出版社 2009 年版。
② 李辉：《传奇黄永玉》，北京：人民日报出版社 2010 年版，第 161 页。

10月，黄裳携新婚妻子朱小燕到北京度蜜月，观画展、访书肆、见友人。曾与汪曾祺见面。

12月，小女儿汪朝出生。

本年，作散文《国子监》（《北京文艺》1957年3月号），后收入王灿炽主编《北京纵横游》（文化艺术出版社1984年版）时，汪曾祺作了大量文字改动。

本年，吴敬梓逝世二百周年，有关部门举行了纪念活动。汪曾祺读《儒林外史》，并根据"范进中举"一段情节，创作京剧剧本《范进中举》。这是汪曾祺的第一部戏剧作品。剧本在同事们中间传阅，受到肯定。但老舍看了剧本之后，曾在酒后当面以"没戏"二字评价，认为缺乏戏剧性。该剧本经戏曲指导委员会剧目组的袁韵宜推荐给北京市副市长王昆仑后，得到王的肯定。① 后来王昆仑将这个戏介绍给奚啸伯排演。

约本年，为帮助黄永玉理解齐白石，汪曾祺特以小说

---

① 1962年4月10日致黄裳信，见黄裳《关于王昭君——故人书简·忆汪曾祺》，收入《故人书简》，北京：海豚出版社2012年版。又据陈徒手《汪曾祺的文革十年》，收入《人有病　天知否》，北京：人民文学出版社2000年版。

笔法为他写了一篇《一窝蜂》，勾勒齐白石的艺术形象。作品今见遗。①

1955 年　三十五岁

2 月，汪曾祺调到中国民间文艺研究会工作，参与筹备《民间文学》。

4 月，《民间文学》月刊创刊号出版，编辑者为中国民间文艺研究会，由通俗读物出版社出版。汪曾祺为八名编委之一。

5 月，《民间文学》1955 年 5 月号头题刊登《彝族传说故事三篇》，其中第一篇即是朱叶整理、汪曾祺修改（署笔名"曾芪"）的《阿龙寻父》。②

7 月，参与整理的陈荫荣评书《程咬金卖柴笆》（评书

---

① 黄永玉多年后在接受作家李辉访谈时，回顾了这篇文章的概貌。见李辉：《传奇黄永玉》，北京：人民日报出版社 2010 年版，第 169 页。
② 汪曾祺参与整理的民间文学作品，在发表或出版时，有的署名"曾芪"，有的则署名"曾芪"。据现行的现代汉语标准音，其中的"曾芪"为"曾祺"谐音。本谱则均遵从各篇原来署名，不强为统一。

《隋唐》的一节），由宝文堂书店出版，署"陈荫荣说　金受申记　汪曾祺　姚锦　金受申整理"。

本月，在肃反审干运动中，单位人事部门抓住汪曾祺1936年被吸收进"复兴社"的问题不放，这使他十分苦恼，感情受到伤害。后来终于作出结论——属一般历史问题。

9月，汪曾祺从来稿中发现并经手编辑的江苏作家方之的小说《在泉边》，发表在本月的《北京文艺》。《在泉边》后来成为方之的成名作和代表作之一。①

12月，《民间文学》1955年12月号（总第9期）头题刊登傈僳族长歌《逃婚调》，由徐琳、木玉璋、汪曾祺（署笔名"曾芪"）整理。

1956年　三十六岁

4月，《民间文学》1956年4月号头题刊登《鲁班故事

————————

① 涂光群：《五十年文坛亲历记》，沈阳：辽宁教育出版社2005年版，第499页。

十一篇》,其中有三篇是汪曾祺(署笔名"曾芪")参与整理的:《赵州桥》、《锅大家伙》、《兜头敲他两下》。[①]

6月,发表戏剧评论《且说过于执》(《北京文艺》1956年6月号),评论的是浙江省京昆剧团整理演出的昆剧《十五贯》。

7月,参与整理的傈僳族长歌《逃婚调》由作家出版社出版,署"中国民间文艺研究会编,徐琳、木玉璋搜集,徐琳、木玉璋、曾芪整理"。

8月,经汪曾祺组稿,邓友梅整理的《彝族民歌选辑》在《民间文学》1956年第8期发表。据邓友梅回忆,该辑民歌系在汪曾祺的促动下整理出来的。汪曾祺对序言作了大幅删减。[②]

9月,作文艺评论《鲁迅对于民间文学的一些基本看法》(《民间文学》1956年10月号)。

11月下旬,中国作家协会在北京召开了文学期刊编辑工作会议,讨论如何正确地在文学刊物上贯彻"双百"

[①] 《兜头敲他两下》在该期目录中未见署名,正文中见署名。
[②] 邓友梅:《再说汪曾祺》,《文学自由谈》1997年第6期。文中"1955年"当为"1956年"。

方针问题。汪曾祺参加座谈会并作发言。①

12 月,作散文《冬天的树》(《人民文学》1957 年第 3 期),包括《冬天的树》、《标语》、《公共汽车》三题。

本年,作散文《下水道和孩子》(《诗刊》1957 年 3 月号),收入《汪曾祺自选集》等。

本年,北京市京剧四团开始排演《范进中举》,由奚啸伯主演。年底,《范进中举》参加北京市文化局年终汇报演出,获得北京市戏曲调演京剧一等奖。此后奚啸伯辗转各地多次演出,该剧逐渐成为奚派艺术的代表性剧目。

1957 年 三十七岁

3 月,《北京文艺》本年 3 月号发表汪曾祺应约创作的散文《国子监》。

5 月,《北京日报》发表林斤澜的戏剧对话体杂文《迎风户难开》,反映作家在要求苛刻、方针摇摆的编

---

① 涂光群:《五十年文坛亲历记》,沈阳:辽宁教育出版社 2005 年版,第 499 页。

辑面前的无奈。汪曾祺看后让邓友梅转告他自己的意见:"讲究语言是他的长处,但过分考究难免有娴巧之虞。"①

5月,《民间文学》1957年5月号转载《人民日报》社论《继续放手,贯彻"百花齐放,百家争鸣"的方针》,同时开辟"'百花齐放,百家争鸣'在民间文学园地中"专栏。

约此时,在"大鸣大放"中,在民研会有关人士一再动员下,汪曾祺写了一篇短文《惶惑》发在单位的黑板报上。文章提到群众对人事工作意见颇多,人事部门几乎成为"怨府",建议考虑吸收一般群众参加人事工作。这篇小文后来成为他的"右派"罪证之一。

在整风中,为了广泛征求意见,中国作家协会党组在5月下旬和6月上旬先后召开了四次党外作家、翻译家座谈会和一次理论批评家座谈会。②作协所属的各刊物编辑部及所属的各单位也召开了整风会议。汪曾祺在作

---

① 邓友梅:《再说汪曾祺》,《文学自由谈》1997年第6期。
② 据《作协在整风中广开言路》编者按,《文艺报》1957年第11号(1957年6月16日出版)。

协组织的座谈会上发言,着重呼吁重新研究、正确对待沈从文。《文艺报》(1957年第11号,6月16日出版)刊登的发言摘要为:"写文学史是个复杂的工作,已出版的几本,都有教条主义,往往以作家的政治身份来估价作品。对沈从文先生的估价是不足的,他在三十年(代)写了三、四篇同情共产党人受迫害的文章,他的情况很复杂,不能简单对待,应该重新研究。"后来也成为他的"右派"罪证之一。

6月,新诗《早春》经徐迟编发,刊于《诗刊》本年6月号。包括《彩旗》、《杏花》、《早春》、《黄昏》、《火车》五题。

本月,反右斗争拉开序幕。约此时,汪曾祺因为不当言论而遭到批判,但基本是当作思想问题批判的,只是在小范围内开过几次调子平和的会,批判结束后仍旧主持编辑部工作。

7月,发表散文《星期天》(《人民文学》1957年第7期),包括《海绵球拍》、《竹壳热水壶》、《托儿所的星期天》三题。

本年,整理民间传说《牛郎织女》。原刊地不详,收入《中国民间故事选粹》,湖南文艺出版社1986年版。

本年,姐夫(汪巧纹的丈夫)在政治运动中自杀。①

1958 年　三十八岁

3月,作文艺评论《仇恨·轻蔑·自豪——读"义和团的传说故事"札记》(《民间文学》1958年4月号)。在此前后,张士杰发掘的许多义和团传说故事,陆续发表,引起了文、史学界关注。《民间文学》先后多次发表这组传说,多经汪曾祺之手编发。

春天,在毛泽东倡导下,全国开始大规模搜集民歌。汪曾祺一行到河南搜集民歌。

6月,《民间文学》本年6月号发表汪曾祺《关于"路永修快板抄"》(署笔名"曾蓍"),同时发表《路永修快板抄》共六首,署"张生一收集、曾蓍辑注"。

夏天,汪曾祺遭到大字报揭发批判。在批判会上,他的《仇恨·轻蔑·自豪》、《早春》、鸣放小字报《惶惑》都成

① 陈其昌:《骨肉情深——汪曾祺与其兄弟姐妹》,《扬州日报》2007年5月16日。

为矛头所向。最后被定为"一般右派",撤销职务,下放农村劳动。

8月,《诗刊》1958年第8期以综述读者来信的方式对汪曾祺的《早春》一诗加以批评,编者说"这首充满阴暗情绪的诗,在读者中引起强烈的反感"。

年底,下放张家口沙岭子农业科学研究所劳动。开始从事起猪圈、刨冻粪的重活。①

1959年 三十九岁

秋,父亲汪菊生去世,享年六十二岁。家人将电报打到张家口,一段时间之后农科所的领导才把消息告诉汪曾祺。汪曾祺听了痛哭流涕。

汪菊生去世后,任氏娘和她所生的女儿汪陵纹、儿子汪海容住在老家偏屋,生活贫苦,任氏娘甚至一度欲投大运河未遂。②

---

① 汪曾祺:《随遇而安》,《收获》1991年第2期。
② 陈其昌:《骨肉情深——汪曾祺与其兄弟姐妹》,《扬州日报》2007年
　 5月16日。

本年，在干过了大部分农活后，汪曾祺固定在果园上班。年底，工人组长和部分干部对同时下放来的几个人进行鉴定，工人组长认为：老汪劳动好，"人性"不错，可以摘掉右派帽子。所领导则考虑到下放才一年，时间太短，再等一年。[①]

1960 年　四十岁

约 8 月，汪曾祺被摘掉右派帽子，并分配做适当工作，劳动改造结束。因原单位中国民间文艺研究会无接收之意，汪曾祺只好暂留所里协助工作。8 月下旬，接受绘制《中国马铃薯图谱》的任务，赴位于高寒地区的沽源，在马铃薯研究站展开工作。直到"天凉了"才回到沙岭子。[②]

11 月，在沙岭子作文艺论文《说〈弹歌〉》、《说〈雉子班〉》，生前未发表，后以《古代民歌杂说》为总题刊于《北

① 汪曾祺：《随遇而安》，《收获》1991 年第 2 期。
② 汪曾祺：《随遇而安》，《收获》1991 年第 2 期；汪曾祺：《马铃薯》，《作家》1987 年第 6 期。

京文学》2007年第5期。

年底，回到北京过春节。①

1961年　四十一岁

1月15日，致信沈从文告知自己近况。

2月2日，沈从文复长信给汪曾祺，勉励他勇敢地接受人生的挑战，热切鼓励他写作："你应当始终保持用笔的愿望和信心！……你能写点记点什么，就抓时间搞搞吧。至少还有两个读者，那就是你说的公公婆婆。事实上还有永玉！三人为众，也应当算是有了群众！"沈从文为汪曾祺未来的工作谋划提出一些建议，例如，到宣化龙烟钢铁厂去写东西，到大学教教散文习作，到故宫搞搞艺术。②

11月，写成短篇小说《羊舍一夕》。呈给沈从文和时任《人民文学》编辑的张兆和看。编辑部高度重视这篇小

① 汪明：《往事漫忆——关于爸》，《收获》2008年第1期。
② 见张兆和主编：《沈从文全集》第21卷，太原：北岳文艺出版社2009年版。

说。1962 年第 6 期《人民文学》以显著位置发表这篇小说。这是汪曾祺解放后的第一次小说试笔。1962 年 10 月沈从文给程应镠的信中称赞这篇小说，说："大家都承认'好'。值得看看。"①萧也牧的评价是："这才是小说！"

年底，在费尽周折之后，终于回到北京，在北京京剧团担任编剧。

1962 年 四十二岁

约本年初，创作京剧剧本《王昭君》。

3 月，在中央文化部主持下，北京京剧团头牌旦角张君秋与武汉京剧团武生台柱高盛麟"走马换将"，进行为期一个多月的演出。② 因北京京剧团原定由张君秋主演《王昭君》，汪曾祺随同张君秋去武汉，看戏并交流。汪曾祺在汉口改写《王昭君》剧本。其间致信黄裳（1962 年 4 月 10 日），谈及剧本，对近来围绕昭君出塞故事进行争

---

① 详见本谱 1962 年 10 月 15 日纪事。
② 张君秋一行 3 月 1 日左右抵汉，3 月 6 日首场演出《望江亭》。其后共演出二十九场。

鸣的周建人、翦伯赞、侯外庐的观点提出自己的看法。"截至现在为止，我仍以为翦伯赞所写的《从汉的和亲政策说到昭君和亲》①是一篇实实在在的文章。我的剧本大体上就是按照这篇文章的某些观点敷衍而成，虽然我在着手准备材料时还没有读过翦文。"说自己对该剧无自信，一是因为任意"拨弄"了一番史实，二是动作多，话少。②

5月，作小说《王全》(《人民文学》1962年第12期)。继续校阅剧本《王昭君》(第三稿)完毕。剧本开始无人问津，后由李世济演出。

7月，应中国少年儿童出版社之请，作小说《看水》，以与《羊舍一夕》、《王全》合为一书出版。③

10月15日，沈从文致信上海师范学院历史系教授程应镠(流金)，介绍共同熟识的汪曾祺近况时，对汪曾祺

---

① 翦文标题实应为《从西汉的和亲政策说到昭君和亲》。
② 该信在黄裳《故人书简(关于王昭君)》(1998年)中首次披露。见黄裳：《哆余集》，广州：花城出版社2008年版。
③ 汪朗等：《老头儿汪曾祺——我们眼中的父亲》，北京：中国青年出版社2012年版，第102页。

新近发表的《羊舍一夕》以及他的遭遇、才能、"大器晚成"的势头、"宠辱不惊"的态度作了较为细致的介绍。①

12月，写成京剧剧本《凌烟阁》。剧作讲的是唐太宗时凌烟阁二十四功臣之一侯君集居功自傲，后来企图发动兵变，最终身败名裂的故事。原作见遗。12月9日致黄裳信中说："以一星期之力，写成一个剧本，（速度可与郭老相比！）名曰《凌烟阁》。"②

本月，河北省石家庄专区京剧团，在上海演出三场《范进中举》，奚啸伯主演。③ 这次演出用的是欧阳中石按照奚啸伯的要求修改过的本子。④

本年，老舍曾在某个场合说："在北京的作家中，今后有两个人也许会写出一点东西，一个是汪曾祺，一个是林

① 张兆和主编：《沈从文全集》第21卷，太原：北岳文艺出版社2009年版，第245页。
② 黄裳：《故人书简——忆汪曾祺》，段春娟、张秋红编：《你好，汪曾祺》，济南：山东画报出版社2007年版。
③ 本次石家庄专区京剧团在上海的演出，从12月1日起，到12月20日止，每日演出，共三十多个剧目。见《文汇报》1962年11月27日至12月20日各日的演出公告。
④ 中石（欧阳中石）：《奚啸伯先生艺史漫录》，马健鹰等编著：《奚啸伯艺术生涯》，北京：新华出版社1991年版。

斤澜。"①

1963 年　四十三岁

1月,短篇小说集《羊舍的夜晚》由中国少年儿童出版社出版。收《羊舍一夕》、《看水》、《王全》三篇儿童题材小说,计四万字。这是汪曾祺解放后出版的第一本作品集,出版社付给千字 22 元的高稿酬,总共 800 余元。

9月,文化部发出通知,准备于 1964 年春在北京举行部分地区京剧现代戏会演。全国各地出现编演现代戏的热潮。

10月下旬,江青将上海人民沪剧团的现代沪剧《芦荡火种》交给北京京剧团,指令将它改编为京剧。剧本改编任务落实到萧甲、汪曾祺、杨毓珉身上。接受任务后,汪曾祺与薛恩厚、萧甲、杨毓珉进驻颐和园龙王庙,短时间内拿出第一稿,易名为《地下联络员》。这一稿突出了

---

① 王勇:《著名剧作家汪曾祺传略》,转引自程绍国《文坛双璧》,《当代作家评论》2005 年第 3 期。

地下斗争。其中主要场次如《智斗》、《授计》皆出汪曾祺手笔。[①] 因江青对彩排不满意,暂未公演。随后编剧班子移驻文化局广渠门招待所继续修改剧本。

12月,上海沪剧团到北京交流演出,专为北京京剧团演出沪剧《芦荡火种》。[②] 其后,展开"兵对兵,将对将"式的学习交流。汪曾祺、杨毓珉与沪剧编剧文牧进行交流。

年底,江青指令北京京剧团将上海演出成功的话剧《杜鹃山》改编为同名京剧。[③] 薛恩厚、张艾丁、汪曾祺、萧甲担任编剧,汪曾祺是主要执笔者。

本年,与薛恩厚合作,根据《聊斋》故事改创京剧剧本《小翠》。

---

① 杨毓珉:《汪曾祺的编剧生涯》,段春娟、张秋红编:《你好,汪曾祺》,济南:山东画报出版社2007年版。杨文说这一稿用了十天左右。萧甲说用了一周左右,见萧甲接受凤凰卫视专题片《风雨样板戏(二)》采访(http://v.ifeng.com/documentary/history/201303/7e88e660-792a-46ce-bb2e-cad522866b50.shtml)。

② 汪朗回忆说:"我曾和父亲一起到政协礼堂看了来京演出的沪剧《地下联络员》,乱七八糟,尤其是假结婚一场特别闹……",见陈徒手:《汪曾祺的文革十年》,收入《人有病 天知否》,北京:人民文学出版社2000年版。

③ 袁成亮:《心血染就杜鹃红——京剧〈杜鹃山〉曲折的问世过程》,《党史博采》2005年第12期。

1964 年　四十四岁

1月1日，江青召见北京京剧一团主要演员，给他们各送一套《毛泽东选集》，并说："坚决按沪剧原剧本改编，不能随意乱改。要努力学习毛主席著作，把这场具有世界意义的京剧革命坚决进行到底！"

3月，经彭真、林默涵批准，京剧《芦荡火种》首演，获得成功。

4月中旬，江青从上海返京，当晚就观看了京剧《芦荡火种》。对于该剧未经她同意"提前"公演大发雷霆，表示"这出戏是我管的"，随后提出若干意见。不久后又一次观看彩排，对戏词大加赞赏，并记住了汪曾祺这个名字。[①] 27 日，剧组进中南海演出，刘少奇、周恩来、朱德、邓小平、董必武、陈毅、陆定一、邓子恢、聂荣臻、张治中等领导人观看演出，给予了很高评价。[②]

---

① 季红真：《汪曾祺与"样板戏"》，《书屋》2007 年第 6 期。
② 《党和国家领导人看京剧〈芦荡火种〉》，《人民日报》1964 年 4 月 28 日。

5 月,《人民日报》《北京日报》连续发表多篇社论,盛赞京剧《芦荡火种》的成功。

6 月,全国京剧现代戏观摩演出大会在北京拉开序幕。北京京剧团的《芦荡火种》《杜鹃山》参加观摩演出。8 日,《人民日报》报道了京剧《芦荡火种》座谈会情况,在剧本改编方面,会议指出:该剧"既保持了原戏精华,又比原来提高了一步"。18 日,外交部举行京剧晚会,招待各国驻华使节、外交官员及其夫人观看北京京剧团演出京剧《芦荡火种》。① 23 日,现代戏座谈会召开,周恩来、江青、康生出席并发表讲话。

本月,京剧剧本《芦荡火种》由中国戏剧出版社出版,署名"汪曾祺　杨毓珉　肖甲　薛恩厚改编(根据文牧编同名沪剧改编)"。

7 月,北京京剧团京剧《杜鹃山》参加观摩演出大会第六轮演出。随后,《人民日报》《大公报》等发表多篇评论文章。23 日晚上,毛泽东在政协小礼堂观看京剧《芦

----

① 《外交部招待各国使节观看京剧〈芦荡火种〉》,《人民日报》1964 年 6 月 19 日。

荡火种》,十分满意,并上台与剧组人员握手、合影。24日,沈从文在致程应镠的信中提到"汪曾祺改编《芦荡火种》文字方面成就值得注意"。①

9月,北京市文化局局长张梦庚来到京剧团,传达北京市市长彭真从北戴河带回的毛泽东对《芦荡火种》的意见,主要是编剧方面的:"要突出武装斗争的作用,强调武装的革命消灭武装的反革命,戏的结尾要正面打进去。加强军民关系的戏,加强正面人物的音乐形象;剧名改为《沙家浜》为好。"②此后,全剧组上下一起努力改戏。增加了郭建光的戏,以突出武装斗争,阿庆嫂降为二号人物。

9月,浩然的长篇小说《艳阳天》第一卷由作家出版社出版,获得好评。江青读完小说后也很感兴趣。北京

① 1964 年 7 月 25 日沈从文致程应镠信开头一句是"昨寄信想收到",可见此之前一日——1964 年 7 月 24 日沈从文曾给程应镠寄过一信。但 24 日寄出的信,《沈从文全集》未收。7 月 25 日信中所谓"上次信中说汪曾祺改编《芦荡火种》文字方面成就值得注意",当指 24 日信中说及。

② 《看现代革命京剧〈沙家浜〉后的指示》,《解放军报》1966 年 12 月 28 日引。

京剧团随后拟将其改编为京剧。为此,汪曾祺曾去和浩然接洽。[①]

冬,因被江青指定参加《红岩》改编,汪曾祺和阎肃在薛恩厚带领下到中南海颐年堂参加《红岩》改编座谈会,这是汪曾祺第一次见到江青。

1965 年 四十五岁

2 月 17 日,《芦荡火种》经修改重排在北京公演,改名为《沙家浜》。同日,新华社发出电讯,称《芦荡火种》改名《沙家浜》上演,这是"首都京剧工作者在运用京剧表现现代生活获得成功以后,再接再厉努力攀登京剧艺术高峰的又一革命行动"。24 日,沈从文致信巴金,有一大段谈到汪曾祺,认为在剧团工作是对汪曾祺才华的束缚,应该让他去写小说或当记者,以发挥他的特长。[②]

初春,在颐和园藻鉴堂创作《红岩》剧本。一起工作

---

① 浩然自述。见陈徒手:《浩然:艳阳天中的阴影》,收入《人有病 天知否》,北京:人民文学出版社 2000 年版。
② 上海巴金故居提供的沈从文致巴金书简,见《收获》2013 年第 1 期。

的有小说《红岩》作者罗广斌、杨益言以及阎肃、杨毓珉等。

春①，根据江青指示，剧本创作组赴重庆体验生活，上华蓥山，集体关进渣滓洞一星期。随后住进北温泉的数帆楼改剧本《红岩》。

3月18日至20日，《人民日报》分三期刊载《沙家浜》剧本，署"根据沪剧《芦荡火种》改编，北京京剧团集体改编，执笔　汪曾祺、杨毓珉"。

4月1日，黄永玉致信黄裳，谈及汪曾祺，盛赞《沙家浜》。② 中旬，汪曾祺等应江青之召到上海，再改《沙家浜》，江青到剧场审查通过，定为"样板"，并决定"五一"起在上海公演。③

5月1日，北京京剧团开始在上海人民大舞台公演

① 汪曾祺在《辣椒》（1997年）中说："1964年五一节前我到重庆写剧本"（《辣椒（外二章）》），原发《重庆晚报》1997年1月7日，后收入《我还在今天生活》（重庆晚报副刊部编，重庆出版社1999年版）。此处1964应为1965，汪曾祺本人记忆错误。
② 李辉：《传奇黄永玉》，北京：人民日报出版社2010年版，第163页。
③ "样板戏"的名称由此而来。但剧团那时还不叫"样板团"，而叫"试验田"，全称是"江青同志的试验田"。据师永刚《样板戏史记》（作家出版社2009年版）。

《沙家浜》。这是《芦荡火种》改名《沙家浜》后第一次公演。至7月,连续演出三十场,观众八万余人次。其间,《解放日报》、《文汇报》连续发表评论文章多篇,予以高度评价。7月,汪曾祺回到北京,继续修改《红岩》剧本。①

6月,中国戏剧家协会编《〈沙家浜〉评论集》,由中国戏剧出版社出版。

10月1日前后,为准备春节小戏,汪曾祺将浩然的小说《雪花飘》改编为同名京剧小戏。写的是一位"送电话"老人的事情。冬,裘盛戎首次演出《雪花飘》。②

1966年　四十六岁

1月19日,正在上海的江青打电话,急召北京市委宣传部长李琪带薛恩厚、阎肃和汪曾祺前往聆听指示。她决定《红岩》不搞了,另搞一个新戏,并口授人物情节大

---

① 据1965年7月22日致萧珊信,见李建新编《汪曾祺书信集》(上海三联书店2016年版)第102—103页。

② 方荣翔、钳韵宏:《雪花飘万家》,《戏剧电影报》1985年12月22日。

略。汪曾祺和阎肃根据其意图,连续工作两昼夜,拟出故事提纲,名为《山城旭日》。经江青认可后,回来后就开始依照这个提纲编剧。[①]

2月,《沙家浜(京剧)》由北京出版社出版。列入"北京市戏曲剧目选"。署"原作:文牧;北京京剧团集体改编;执笔:汪曾祺 杨毓珉"。这是《沙家浜》公开出版的第一个版本。

3月,应江青电召,李琪再携汪曾祺、阎肃赴沪。谈话时,因李琪没有立即答应江青对北京京剧团提出的一些要求,江青十分生气。

春末夏初,"文革"开始,北京京剧团风声紧张。汪曾祺夫妇都很不安,担心被波及。[②] 不久,汪曾祺就作为北京京剧院里的"黑鬼"、"小邓拓"、"黑爪牙",被揪出来,给他贴的大字报的标题是:"老右派,新表演"。他的罪状之

---

① 据陈徒手《汪曾祺的文革十年》(后收入《人有病 天知否》,人民文学出版社 2000 年版),汪朗等《老头儿汪曾祺——我们眼中的父亲》(中国青年出版社 2012 年版),并参季红真《汪曾祺与"样板戏"》(《书屋》2007 年第 6 期)。

② 汪朗等:《老头儿汪曾祺——我们眼中的父亲》,北京:中国青年出版社 2012 年版,第 294 页。

一,是与"走资派"、剧团党委书记薛恩厚合作的《小翠》中有句台词说狐狸是大尾巴猫,造反派说这是恶毒攻击伟大领袖。罪状之二是剧本《雪花飘》中有句唱词"同在天安门下住,不是亲来也是亲",被攻击为鼓吹"阶级斗争熄灭论"。随后他与马连良、赵燕侠等"反动权威"、"戏霸"一起,在京剧团内批斗、罚跪、游街,定期向"造反派"递交交待材料。

5月16日,中共中央发出《五一六通知》。撤销文化革命五人小组,建立新的文化革命小组。

11月28日,晚上,江青、陈伯达组织的"文艺界无产阶级文化大革命大会"在人民大会堂召开。江青在讲话中否定建国十七年文艺工作的伟大成绩,提出文化遗产内容上不能推陈出新,只有艺术形式可以批判继承的观点。她还严厉批评北京京剧团:"对于以彭真为首的旧北京市委的反革命修正主义路线,你们还没有真正的进行深入、广泛的揭发和批判","薛恩厚等人必须彻底交代,彻底揭发,只有这一条路,除此之外没有别的出路!"会上宣布北京京剧一团等团体列入解放军建制。

约 11 月末、12 月初,汪曾祺和被江青在"11.28"大会上点名的一些剧团领导、得罪了江青的赵燕侠及几个有历史问题的"反革命"一起,被关进一个小楼上的"牛棚",学毛选、交代问题、劳动。

1967 年　四十七岁

1 月,康生、李先念、江青、萧华等陪同来华访问的阿尔巴尼亚友人卡博和巴卢库①观看了《山城旭日》。

4 月 27 日,汪曾祺被宣布解放,当晚陪同江青观看《沙家浜》。

随后,奉命与徐怀中、阎肃、张永枚、刘伍、冯志、杨毓珉组成创作组将《敌后武工队》改编为京剧。讨论半年后,张永枚执笔的《平原作战》写成,中国京剧院演出。②

---

① 卡博,时任阿尔巴尼亚中央政治局委员、中央书记;巴卢库,时任阿尔巴尼亚中央政治局委员、副总理兼国防部长。
② 杨毓珉:《汪曾祺的编剧生涯》,段春娟、张秋红编:《你好,汪曾祺》,济南:山东画报出版社 2007 年版。

5月,为纪念毛泽东《在延安文艺座谈会上的讲话》发表二十五周年,分别由上海、山东、北京剧团演出的八个样板戏聚集在北京举行会演,其中包括北京京剧团的《沙家浜》。会演持续到6月15日。5月29日,《人民日报》发表中国人民大学三红文学兵团的文章《京剧革命的一声春雷——评革命现代京剧样板戏〈沙家浜〉》和社论《革命文艺的优秀样板》。31日,署"北京京剧团集体改编"的《沙家浜》(根据沪剧《芦荡火种》改编)在《人民日报》第5版全文发表。

本月15日,沈从文在给当时在四川自贡的儿子沈虎雏、儿媳张之佩的信中数次提及汪曾祺的成就,表示"我似乎也或多或少分有了一点光荣"。

6月15日出版的《解放军文艺》第8、9期合刊,辟"革命现代京剧样板戏剧本特辑",刊出《红灯记》、《智取威虎山》、《沙家浜》、《奇袭白虎团》的剧本。

8月,《沙家浜 革命现代京剧》再次由北京出版社出版,封面显著标有"纪念毛主席《在延安文艺座谈会上的讲话》发表二十五周年"标志字样。

10月,八个"样板戏"再次在京公演。

1968 年　四十八岁

1 月,邮电部发行"毛主席的革命文艺路线胜利万岁"的纪念邮票一套九枚,编号为"文 5"。除第一枚"文艺队伍"外,另八枚分别表现一部样板戏。其中第五枚为京剧《沙家浜》,第九枚为交响音乐《沙家浜》,印量 1 000 万套。

7 月,为庆祝中国共产党诞生四十七周年,北京的几个文艺单位举行 1968 年"样板戏"首次公演。这次上演的是包括京剧《沙家浜》、交响音乐《沙家浜》在内的六个作品。

10 月,京剧《沙家浜》剧组到广州参加 1968 年秋季中国出口商品交易会(广交会),为外国朋友演出。①

年底,江青布置北京京剧团改编京剧《杜鹃山》、《节振国》的任务。《杜鹃山》一剧为了显示与以往由彭真主抓的版本不同,易名为《杜泉山》,由汪曾祺、杨毓珉等编剧。剧组按照江青指令,赴湘鄂赣地区体验生活三个月。

---

① 《人民日报》1968 年 10 月 16 日、11 月 17 日报道。

1969 年　四十九岁

年初,为改编重排《杜鹃山》,主创人员奉命沿着当年秋收起义的路线走上井冈山体验生活。① 汪曾祺、裘盛戎等同往。经过的主要地方有长沙、浏阳、韶山、萍乡、安源、井冈山、武汉等。全程实行军事化管理,曾徒步行军、上高山、下矿井、搞军事演习,也曾为社员演出、听乡亲们讲述当年军民鱼水往事。汪曾祺、裘盛戎都在"控制使用"中,这次南方之行有较长时间密切接触,友谊加深。

2 月 16 日,旧历除夕。剧组一行在安源过春节,当日雷雨冰雹齐下,墙壁屋瓦单薄,房内冷极,艰苦备尝。

---

① 此次南方之行的时间,梁清濂《"戴罪立功"中的裘盛戎》(《北京戏剧报》1981 年 8 月 23 日)说时间为"1968 年底",在"湘赣生活三个月"。汪曾祺《一代才人未尽才》(见《裘盛戎艺术评论集》,中国戏剧出版社 1984 年版)说是 1969 年,春节(2 月 17 日)是在南方(江西安源)过的。刘琦《裘盛戎传》(河北教育出版社 1996 年版)说是"一九六九年初"(见该书第 345 页)。关于"为期三个月",各处说法基本相同。刘琦《裘盛戎传》又说:"结束南方之行、回到北京时,天气已经由寒转暖了。"综合各资料,这次三个月湘鄂赣之行似应在 1969 年初,或主要时段在 1969 年初。

回到北京后,汪曾祺开始《杜鹃山》创改工作,与裴盛戎共同切磋唱段,优化《杜鹃山》剧本。第二次修改本,因不符合"三突出"原则,所谓"二号人物"压过了"一号人物",被江青否定。

10月,为庆祝新中国成立二十周年,《沙家浜》等七部样板戏再次在北京公演。

12月,《人民日报》显著位置报道,从1970年1月1日起,"闪耀着毛泽东思想灿烂光辉的革命样板戏在首都举行公演","经过反复的琢磨,反复的实践,千锤百炼,精益求精,革命样板戏更加光彩夺目"。参加公演的剧目有:现代京剧《智取威虎山》、《红灯记》、《沙家浜》,舞剧《红色娘子军》,交响音乐《沙家浜》,钢琴伴唱《红灯记》。

本年,为了重新排演《沙家浜》,在江青命令下,"样板团"到故事的发生地江苏苏州、常熟一带体验生活。

1970年　五十岁

1月,《沙家浜》等六部革命样板戏开始公演。11日,《人民日报》发表署名"北京京剧团　红光"的《人民战争的胜利凯歌——革命现代京剧〈沙家浜〉修改过程中的一些体会》。"红光"系汪曾祺的化名。其中透露了江青的一些指示的具体内容,以及修改者如何费尽心思实现江青的意图。

2月8日,《人民日报》发表汪曾祺执笔的文章《披荆斩棘,推陈出新——谈〈沙家浜〉唱腔和舞蹈创作的几点体会》,署名"北京京剧团 红光"。文章主体部分尽力突出江青的指导,特别是在一些细节方面。

5月初,江青召集在人民大会堂安徽厅讨论《沙家浜》,以便定稿发表。汪曾祺当场按江青意思修改唱词,自认为"应对得比较敏捷"。

21日,拥护毛泽东"五二〇"声明(支援越南、老挝、柬埔寨三国抗美救国)的百万群众大会在天安门举行,汪曾祺作为嘉宾登上天安门。新华社当天发出电讯,详列登天安门的嘉宾名单。汪曾祺这次露面在朋友们当中引起极大反响,他本人也十分重视这次经历,用挂号信把请柬寄给在东北插队的女儿汪明,还写了他见到毛主席的情景和当时激动的心情。

23日,周恩来总理陪同西哈努克亲王夫妇观看京剧

《沙家浜》。

5月下旬,《沙家浜》的修改定稿本刊登在《红旗》、《光明日报》、《解放军报》上。

6月1日,《人民日报》发表北京京剧团《沙家浜》剧组文章《〈在延安文艺座谈会上的讲话〉照耀着〈沙家浜〉的成长》。文章"清算""旧北京市委"及刘少奇、彭真、李琪等人的一些言论和作为,其间也暗示了《沙家浜》(《芦荡火种》)漫长的创编、修改过程中的一些细节。20日,国务院文化组会议研究《沙家浜》七至十场布景修改,达成一致意见。

8月,《人民日报》发表洪新的评论文章《坚持斗争,胜利在明天——赞革命现代京剧〈沙家浜〉中的〈坚持〉一场》。

9月,革命现代京剧《沙家浜》剧本(1970年5月修订本)由人民出版社出版。署"北京京剧团集体改编"。

10月,江青布置"六创三改"任务,其中包括北京京剧团编演的《秋收起义》《杜鹃山》。江青要求第二批"样板戏"要在1972年举行公演,以纪念《在延安文艺座谈会上的讲话》发表三十周年。

1971 年　五十一岁

1月,北京电视台"实况转播屏幕复制片"《沙家浜》摄制成功并播映。编剧署"北京京剧团《沙家浜》剧组",北京京剧团演出。1月11日至2月3日,与王树元等前往湖南、江西,先后在长沙、湘乡、韶山、南昌、井冈山参观考察,体验生活,途中数次讨论《杜泉山》剧本。

2月,于会泳开始接手《杜泉山》一剧,全权负责担任《杜》剧排演任务的北京京剧团二团。根据江青的意见,《杜泉山》进行了全面调整。贺湘改名柯湘,乌豆改名雷刚。大幅度调整了剧组人员:编剧组除原来的汪曾祺、杨毓珉外,又从上海调来王树元、黎中城;于会泳亲自担任唱腔和音乐设计。导演组、演员组也多有调整。

5月,江青拟接见样板团代表人物,特意让秘书打电话给正在"长影"的汪曾祺。

8月,电影《沙家浜》由长春电影制片厂拍摄完成。

9月,彩色影片《沙家浜》在全国陆续上映。9月3日至29日,在朝鲜人民共和国国庆之际,北京京剧团应邀赴朝鲜访问演出,演出剧目为《沙家浜》和《智取威虎山》。

1972年 五十二岁

2月15日,江青指定汪曾祺参加政治局召开的电影工作会议。

4月,北京京剧团决定排练《草原烽火》,江青指定汪曾祺写词。汪曾祺与杨毓珉、阎肃等赴内蒙古体验,最终结论是日本人没有进过草原,草原上没有游击队,发动牧民斗争王爷这样的情节也不切实际,计划遂终止。①

5月,周恩来陪同西亚德主席等索马里贵宾出席文艺晚会,观看京剧《沙家浜》。

7月,《杜泉山》剧本和音乐创作基本完成。② 随后转入长达一年的既紧张又缓慢的排演阶段。

11月,改新诗《瞎虹》,写新诗《水马儿》,抄示朱德熙。在致朱德熙信(本月16日)中谈到这两首诗的写作,云:"我不知怎么有了写这种诗的兴趣了。这也是一种娱

---

① 杨毓珉:《汪曾祺的编剧生涯》,段春娟、张秋红编:《你好,汪曾祺》,济南:山东画报出版社2007年版;陈徒手:《汪曾祺的文革十年》,《人有病 天知否》,北京:人民文学出版社2000年版。
② 戴嘉枋:《走向毁灭》,北京:光明日报出版社1994年版,第291页。

乐，一种休息。"因准备继续写瓢虫，借到《中国经济昆虫志·鞘翅目·瓢虫科》一书并通读一过。

12月，在中国书店为剧团资料室选购图书，对所购包括赵元任的《国语罗马字对话戏戏谱 最后五分钟——一出独折戏附北平语调的研究》①、吴其濬的《植物名实图考》及其长编大加赞赏。

本年，朱德熙参加新发掘的长沙马王堆汉墓一号墓遣策整理工作，汪曾祺关注其工作、读《文物》上的文章，并常与之讨论有关问题。

1973年 五十三岁

5月，《杜泉山》在北京工人俱乐部试验公演，取得成功。江青表示满意，并提出今后恢复原名《杜鹃山》。

6月，周恩来、叶剑英、江青等审看了《杜鹃山》，并对演出加以赞赏。

---

① 赵元任的书有民国十八年（1929年）上海中华书局本，书名《国语罗马字对话戏戏谱 最后五分钟》。汪曾祺所购未知是否此版本。

9月,《杜鹃山》再次演出。

10月9日,《人民日报》发表《杜鹃山》(1973年9月北京京剧团演出本),编剧署"王树元等"。

1974年　五十四岁

1月,江青陪同来访的阿尔及利亚领导人布迈丁观看京剧《杜鹃山》。布迈丁大加赞赏之下,邀请剧组在该国国庆二十周年之际访阿演出。春节前后的京、津、沪文艺舞台上演《沙家浜》、《杜鹃山》、《平原作战》等。

5月,北京电影制片厂拍摄的彩色影片《杜鹃山》公映。

7月,江青组织一批学者、编剧修改润色《新三字经》,准备将该书作为小靳庄贫下中农编的"批林批孔"读物出版。于会泳通知汪曾祺参加。汪曾祺只改就其中几句:"孔复礼,林复辟,两千年,一出戏","学劲松,立险峰,乱云飞,仍从容"。

8月份到10月份,受江青指示,汪曾祺与梁清濂、周锴一行三人再赴内蒙古体验生活、收集素材,准备写一个反映内蒙古革命题材的戏剧。

10月,《杜鹃山》剧组由于会泳率领,赴阿尔及利亚访问演出,历时一月左右,演出多场,反响强烈。

本年,汪曾祺担任北京京剧团革命委员会成员。

1975 年 五十五岁

3月,北京京剧团《杜鹃山》剧组赴多地巡演。

5月,北京京剧团《沙家浜》剧组赴多地巡演。为纪念《在延安文艺座谈会上的讲话》发表三十三周年,包括《沙家浜》、《平原作战》、《杜鹃山》在内的十四部革命样板戏影片在全国各地城乡汇映。

秋,刚被"解放"回到北京京剧团的萧甲奉命带队,与汪曾祺、张滨江等去西藏,为写一个反映高原测绘队先进事迹的戏而体验生活。在西藏呆了一段时间,觉得这个戏不好写,无功而返。[①]

本年,北京京剧团还曾赴云南、贵州演出三十九场,

---

① 季红真:《汪曾祺与"样板戏"》,《书屋》2007 年第 6 期。

观众人数超过四十五万人。

1976 年　五十六岁

2月，于会泳要求北京京剧团把电影《决裂》改编为京剧，并提出敢不敢把走资派的级别写得高一些，可以写到县长、省长、部长。付印本是汪曾祺最后定稿，他看出群众对"反击右倾翻案风"的态度，改编中不甚积极。后因于会泳很不满意，要求重写，汪曾祺、薛恩厚等只好找来许多"三自一包"方面的材料，重新消化。

5月，因《红都女皇》事件引起的各种传言，汪曾祺对江青看法有所改变，隐约觉得要出大事。

10月，"四人帮"被采取隔离审查措施。汪曾祺兴奋地参加了庆祝游行。工作组进驻北京京剧团后，汪曾祺曾对工作组提意见，为被整的人说话，贴大字报阐述观点，等等。①

---

① 陈徒手：《汪曾祺的文革十年》，《人有病　天知否》，北京：人民文学出版社 2000 年版。

年底，为北京京剧团恢复上演的传统戏《昭君出塞》修改唱词并撰写说明书。①

1977 年　五十七岁

4 月，北京京剧团有人给汪曾祺贴大字报，指"被江青重用过的人在干扰运动大方向"。从此汪曾祺被"挂"了起来，接受审查。

5 月，汪曾祺在创作组做了一次检查。

8 月，被勒令再作一次深刻检查。

9 月，写后来自称为"蔬菜笔记"的随笔《葵》、《薤》、《栈》。当时未发表，20 世纪 80 年代陆续改定发表。

1978 年　五十八岁

4 月，写《我的态度》一文，表示将"毫不隐瞒地揭发

---

① 佚名：《汪曾祺为〈昭君出塞〉改词》，"水木清华"网站 2000 年 7 月 4 日文章，http://www.newsmth.net/nForum/#!article/XiquQuyi/439。

江青和于会泳的罪行"。写《我的检查》,其中写到粉碎"四人帮"后最初一年自己的思想认识:"江青对我有恩,我一直感念她的好处","我对江青的义愤不像对于会泳那样直接,那样入骨三分。我认为江青控制北京京剧团时期的问题已经基本上清楚","我不想自暴自弃,希望为党为人民做一些有益的事"。①

5月,写检查《我和江青、于会泳的关系》、《关于我的"解放"和上天安门》、《关于红岩》。

9月,写《综合检查》。

11月,曹禺的历史剧《王昭君》发表,汪曾祺闲来消遣,把它改编成昆剧。在此前后,汪曾祺产生了为汉武帝写一个长篇小说的念头,开始收集关于汉武帝的材料,做成卡片。②

12月,作文艺论文《读民歌札记》,包括《奇特的想象》、《汉代民歌里的动物题材》、《稚子班》、《乌生》、《蝶行》、《民歌中的哲理》、《〈老鼠歌〉与〈硕鼠〉》七题(后刊于

---

① 陈徒手:《汪曾祺的文革十年》,收入《人有病 天知否》,北京:人民文学出版社2000年版。
② 陈徒手《汪曾祺的文革十年》引梁清濂的叙述。

《民间文学》1980 年 4 月号），又作戏剧评论文章《论〈四进士〉》初稿，后改定为《笔下处处有人——谈〈四进士〉》。①

本年，写检查《关于〈山城旭日〉、〈新三字经〉、〈决裂〉》。

1979 年　五十九岁

3 月，中国民间文艺研究会复查小组为汪曾祺写了右派改正结论。汪曾祺只签了名②，没有写任何意见。

受审查后期，李荣、朱德熙几次向兼任中国社会科学院院长的胡乔木反映情况，胡乔木提出把汪曾祺调到社科院文学所。但汪曾祺觉得自己的本行是创作，考虑再三，没有去。③

---

① 1978 年 12 月 20 日致朱德熙信透露。
② 陈徒手：《汪曾祺的文革十年》，收入《人有病　天知否》，北京：人民文学出版社 2000 年版。
③ 汪朗等：《老头儿汪曾祺——我们眼中的父亲》，北京：中国青年出版社 2012 年版，第 153 页。陈徒手《汪曾祺的文革十年》中说："后来不少朋友劝汪离开京剧团这块伤心之地，甚至有一次胡乔木当场找了一张烟卷纸，上面写了'汪曾祺到作协'几个字。汪还是没有离开，他觉得京剧团自由、松散，反而不像外界有的单位那么复杂。"材料来源未详，录以备考。

6月,改定戏剧评论文章《笔下处处有人——谈〈四进士〉》,作文艺论文《"花儿"的格律——兼论新诗向民歌学习的一些问题》(《民间文学》1979年6月号)。26日致信朱德熙,透露自己想用布莱希特的方法写历史剧《司马迁》和《荆轲》。

10月,发表戏剧评论《飞出黄金的牢狱》(《民族团结》1979年第4期),评曹禺戏剧《王昭君》,这是汪曾祺复出文艺界最早发表的评论文章。

11月,发表小说《骑兵列传》(《人民文学》1979年第11期),这是复出后发表的第一篇小说作品。

1980年 六十岁

1月,写成小说《塞下人物记》(《北京文艺》1980年第9期),包括《陈银娃》、《王大力》、《说话押韵的人》、《乡下的阿基米德》、《俩老头》五题。发表文艺杂论《第一场在七十六页》(《京剧艺术》1980年第1期,署名"曾岐")。

本月,《羊舍一夕》入选上海文艺出版社《建国以来短篇小说》(下册)。

3月1日,元宵节,汪曾祺六十岁生日。作诗《六十岁生日散步玉渊潭》自寿。同月作小说《黄油烙饼》(《新观察》1980年第2期)。

5月,重写小说《异秉》(《雨花》1981年第1期),自云是写"由于对命运的无可奈何转化出一种常有苦味的嘲谑"。[①]改定小说《塞下人物记》(《北京文艺》1980年第9期),包括《陈银娃》、《王大力》、《说话押韵的人》、《乡下的阿基米德》、《俩老头》五题。作文学评论《沈从文和他的〈边城〉》(《芙蓉》1981年第2期)。

是年春,作散文《与友人谈沈从文》,包括《给一个中年作家的信》、《一个乡下人对现代文明的抗议》、《水边的抒情诗人》三题。

6月24日至30日,参加北京市文学艺术工作者第四次代表大会。

7月,参加12日至31日在北京举行的戏曲剧目工作座谈会,作题为"从戏剧文学的角度看京剧的危机"的发

---

① 见汪曾祺为其自选集所作的《自序》,载《汪曾祺自选集》(漓江出版社1987年版)。

言,先刊于《戏曲剧目工作座谈会》(简报),删节定稿刊于《人民戏剧》1980年第10期。发言中坦诚京剧存在着危机。主张"京剧要向地方戏学习,要接受外国的影响,我主张京剧院团把门窗都打开,接受一点新鲜空气,借以恢复自己的活力"。发言稿发表后,引起了较大争议。

本月,发表小说《黄油烙饼》(《新观察》1980年第2期)、散文《裘盛戎二三事》(《京剧艺术》本年第4期,署名"曾岐")。约此时完成京剧剧本《擂鼓战金山》,后刊于《北京剧作》1982年第1期。①

8月,作小说《受戒》(《北京文学》1980年第10期),这是汪曾祺最重要的小说代表作。篇末自注"写四十三年前的一个梦"。汪曾祺在《汪曾祺自选集》的《自序》中说,这个作品所包涵的感情是"内在的欢乐"。

9月,发表散文《果园杂记》(《新观察》1980年第5期),包括《涂白》、《粉蝶》、《波尔多液》三题。

---

① 剧本未系作日。杨毓珉《也谈〈受戒〉前后》(《北京纪事》1997年第10期)一文说:"……汪曾祺此时刚写完《擂鼓战金山》,戏还没上演,他业余时间写了《受戒》……"本谱据杨毓珉先生说法,系于此时。1993年编《汪曾祺文集》时,汪曾祺要求将该剧作署名中的梁清濂去掉。

本月,《人民文学》编辑部编选的《短篇小说选1949—1979》第 5 卷出版,《羊舍一夕》收入本卷。

11 月,完成小说《岁寒三友》二稿(《十月》1981 年第 3 期)。

12 月,完成小说《寂寞和温暖》第六稿(后刊于《北京文学》1981 年第 2 期)、《天鹅之死》(《北京日报》1981 年 4 月 14 日)。最迟在本月,完成京剧剧本《裘盛戎》二稿,系与梁清濂合作,汪曾祺执笔。[①] 这是复出后创作的第一部戏剧作品。

本年,再次重写 20 世纪 40 年代所作的《职业》,最终稿于 1982 年 6 月 29 日完成。

1981 年　六十一岁

1 月,作散文《我的老师沈从文》(生前未发表,后刊于《收获》2009 年第 3 期),撰戏剧评论《宋士杰——一个独特的典型》(《人民戏剧》本年第 1 期)。发表戏曲评论

---

① 见北京京剧院 1980 年 12 月铅字油印本《裘盛戎》(二稿),署"编剧汪曾祺(执笔),梁清濂"。

《打鱼·杀家》（《北京艺术》1981年第1期）。发表小说《异秉》（《雨花》第1期）。该刊主编高晓声亲自写了"编者按"，其中说："'异秉'这个词……很有意思，我们写小说，也应该力求'与众不同'；否则也不能叫'创作'。而《异秉》这篇小说，确有与众不同之处。（……）发表这篇小说，对于扩展我们的视野，开拓我们的思路，了解文学的传统，都是有意义的。"

约本月初，撰写创作谈《关于〈受戒〉》，系为即将转载《受戒》的《小说选刊》之请而撰写。[1]

2月，作小说《大淖记事》（《北京文学》1981年第4期）。汪曾祺自己认为《大淖记事》与《受戒》一样，所包涵的感情是"内在的欢乐"。[2] 发表《艺坛逸事》（《文汇月刊》1981年第2期），包括《萧长华》、《姜妙香》、《贯盛吉》、《郝寿臣》四题。

3月，因《受戒》获《北京文学》1980年优秀短篇小说

---

[1] 《关于〈受戒〉》成文时间定为1980年末或1981年初，考证见徐强《〈汪曾祺全集〉系年辨正——兼论若干篇章的文献意义》（《文艺评论》2011年第1期）。

[2] 汪曾祺：《自序》，《汪曾祺自选集》，桂林：漓江出版社1987年版。

奖,参加该刊的发奖大会。人民文学出版社出版《一九八〇年短篇小说选》,小说《黄油烙饼》被收录。

4月,发表文艺随笔《尊丑》(《北京戏剧报》1981年第14期)。为北京出版社拟出版的《汪曾祺短篇小说选》作自序。

5月,发表艺术随笔《贵妃醉酒》(《北京戏剧报》1981年第18期)、《高英培的相声和埃林·彼林的小说》(《北京戏剧报》1981年第22期),作小说《七里茶坊》(《收获》1981年第5期)。

6月上旬,作小说《鸡毛》(《文汇月刊》1981年第9期)。中旬,赴承德避暑山庄,参加《人民文学》笔会,其间写作系列小说《故里杂记》(《北京文学》1982年第2期),包括《李三》、《榆树》、《鱼》三题。

本月,发表戏剧理论文章《京剧格律的解放》(《北京戏剧报》1981年第24期)。

7月上旬,北京京剧院一团以"文革"首演原班人马演出现代京剧《芦荡火种》。下旬,汪曾祺应《北京文学》之邀,赴青岛,参加该刊在黄岛组织的笔会。

8月上旬,在黄岛作小说《徙》(《北京文学》1981年第 10 期)。中旬,作小说《故乡人》(《雨花》1981 年第 10 期)。本月 20 日,发表小说《晚饭后的故事》(《人民文学》1981 年第 8 期)。

本月,北京京剧院三团彩排汪曾祺现代戏新作《裘盛戎》。

9 月,作小说《晚饭花》(《雨花》1982 年第 1 期),包括《珠子灯》、《三姊妹出嫁》、《晚饭花》三题。

本月,参加《文艺研究》编辑部组织的关于现代题材戏曲创作问题座谈会。

约本月,作散文《名优之死——纪念裘盛戎》。作诗《昆明雨》("莲花池外少行人"),书赠朱德熙。

10 月 6 日,受故乡高邮有关方面邀请,南下返里。先在南京略作游览①,10 日回到高邮。这是汪曾祺自 1939 年离乡后第一次返归,到 11 月 23 日北返,共住一个半月。其间受到有关部门和亲朋好友的热情接待。汪曾祺游故地、访旧友,心情振奋。

① 此据 1981 年 10 月 6 日致汪海珊信预告。南京期间行止,未见事后记述。

在高邮期间,为当地师生及机关干部、文学爱好者作了有关文学语言问题的报告。受邀与在高邮采风的扬州地区文艺工作者座谈,记录稿《邂逅秦邮谈创作——与老作家汪曾祺座谈摘记》刊于《青春》1982 年 8 月号。为完成《人民日报》约写的报告文学《故乡水》,参观水利设施、约谈有关人员、查阅史志资料若干。其间作新旧体诗歌多篇感旧赋怀,或题赠亲朋好友。为早年恩师张道仁及其夫人王文英作诗《敬呈道仁夫子》、《敬呈文英老师》,并携诗作趋访。访修鞋匠高天威,后以其为原型作小说《皮凤三楦房子》。

12 月,作小说《皮凤三楦房子》(《上海文学》1982 年第 3 期)。作散文《关于葡萄》(《安徽文学》1981 年第 12 期),包括《葡萄和爬山虎》、《葡萄的来历》、《葡萄月令》三题。

本年,又一次重写 20 世纪 40 年代所作的《职业》,最终稿于 1982 年 6 月 29 日完成。

1982 年　六十二岁

1 月,作文艺随笔《揉面——谈语言运用》(《花溪》

1982年第3期），包括《揉面》、《自铸新词》、《语言要和人物贴近》三题。新编历史剧《擂鼓战金山》刊于《北京剧作》1982年第1期。

2月，作小说《钓人的孩子》（《海燕》1982年第4期，包括《钓人的孩子》、《捡金子》、《航空奖券》三题）、《鉴赏家》（《北京文学》1982年第5期）。作文艺杂论《小说笔谈》一组（《文艺》（双月刊）1982年第1期），包括《语言》、《结构》、《叙事与抒情》、《悠闲和精细》、《风格和时尚》五题。又发表文艺杂论《听遛鸟人谈戏》（《北京艺术》1982年第2期）。

本月，《汪曾祺短篇小说选》由北京出版社出版发行，列为"北京文学创作丛书"之一。这是汪曾祺在新时期复出文坛后出版的第一本书。

3月，发表文艺杂论《从赵荣琛拉胡琴说起》（《戏剧电影报》1982年第12期）。中旬，参加"《北京文学》奖"授奖大会。下旬，因《大淖记事》获全国第四届短篇小说奖，参加颁奖大会。会后，中国作家协会组织了获奖作者座谈会，并专门交流学习《在延安文艺座谈会上的讲话》的心得。汪曾祺发言，题为"要有益于世道人心"（后发表于

《人民文学》1982年第5期）。发言主要谈了两个方面：
"要有一个清楚、明确的世界观"；"要对读者负责"。

4月，发表散文《看〈小翠〉，忆老薛》（《戏剧电影报》
1982年第14期）。应作协四川分会及四川人民出版社
之邀与林斤澜、刘心武、孔捷生、何士光等访川。汪曾祺
经陕西入川，4月9日抵达成都。先后到了成都以及川
南、川中、川东诸地。所到之处，皆赋诗纪行，计有《劫后
成都》、《成都小吃》、《新都桂湖杨升庵祠》、《新屋》、《眉山
三苏祠》、《离堆》、《过郭沫若同志旧宅》、《初入峨眉道中
所见》、《自清音阁至洪椿坪》、《宿洪椿坪夜雨早发》、《宜
宾流杯池》、《兴文石海》、《北温泉夜步》、《媚态观音》等。

本月，人民文学出版社编辑部编选的《一九八一年短
篇小说选》出版，选收当年全国优秀短篇小说作品三十五
篇。《大淖记事》入收。

5月，在重庆，抄出川行杂诗交付《四川文学》发表。
返抵北京后，作散文《旅途杂记》（《新观察》1982年第14
期，包括《半坡人的骨针》、《兵马俑的个性》、《三苏祠》、
《伏小六、伏小八》四题），作创作谈《〈大淖记事〉是怎样写
出来的》（《读书》1982年第8期）。发表小说《王四海的黄

昏》（《小说界》1982年第2期）。

6月，作小说《职业》（《文汇月刊》1983年第5期），篇末自注："这是三十多年前在昆明写过的一篇旧作，原稿已失去。前年和去年都改写过，这一次是第三次重写了。"自云这篇小说所包涵的感情是"忧伤"。①

7月，发表谈艺书信《说短——与友人书》（《光明日报》1982年7月1日），旋为《新华文摘》第44期转载。发表散文《旅途杂记》（《新观察》1982年第4期）。

8月下旬，应邀与林斤澜、邓友梅一起，作新疆、甘肃之行。足迹至于乌鲁木齐、乌苏、霍尔果斯、伊犁、尼勒克等地。一路有诗《天池雪水歌》、《早发乌苏望天山》、《往霍尔果斯途中望天山》、《雨晴，自伊犁往尼勒克车中望乌孙山》、《伊犁至尼勒克道中》、《无题》（"山形依旧乌孙国"）等纪行。在乌鲁木齐，作题为"回到现实主义，回到民族传统"的报告（《新疆文学》1983年第2期）。在伊犁作文学讲座，题为"道是无情却有情"（记录稿刊《伊犁河》1982年第4期）。结束活动后转赴兰州。

---

① 汪曾祺：《自序》，《汪曾祺自选集》，桂林：漓江出版社1987年版。

9月18日,汪曾祺一行应邀与《当代文艺思潮》编辑部座谈,座谈实录以《关于现阶段的文学——答〈当代文艺思潮〉编辑部问》为题刊于《当代文艺思潮》1983年第1期。

10月,完成新疆纪行散文《天山行色》(《北京文学》1983年第1期),包括《南山塔松》、《天池雪水》、《天山》、《伊犁闻鸠》、《伊犁河》、《尼勒克》、《唐巴拉牧场》、《赛里木湖·果子沟》、《苏公塔》、《大戈壁·火焰山·葡萄沟》十题。

本月,北京出版社出版《〈北京文学〉短篇小说选(1981)》,《大淖记事》入收。

11月,作文艺评论《沈从文的寂寞——浅谈他的散文》(《读书》1984年第8期)。中下旬,应邀赴长沙,与陈国凯、谌容等一起为《芙蓉》文学讲习班讲课。汪曾祺讲题为"小说创作随谈"(记录稿刊《芙蓉》1983年第4期)。之后与谌容游览资江、沅水、桃花源、岳阳楼。在桃源,作诗《桃花源》("红桃曾照秦时月")、《修竹》("修竹姗姗节子长")、《宿桃花源》("山下鸡鸣相应答")。

12月1日到4日,北京市作协与文联联合召开第二次"北京市部分作家作品讨论会",对邓友梅、汪曾祺、林斤澜、陈祖芬的重要作品及其创作道路、艺术风格进行探讨与评论。季红真在会上发表评论《传统的生活与文化铸造的性格——谈汪曾祺部分小说中的人物》,汪曾祺本人则作了题为"回到现实主义,回到民族传统"的发言。两文均刊于《北京文学》1983年第2期。

本月,作散文《湘行二记》(《芙蓉》1983年第1期),包括《桃花源记》、《岳阳楼记》两题。作七律("犹及回乡听楚声")贺沈从文八十大寿。

本年,北方昆剧院演出汪曾祺、刘毅、林勋编剧的《青春白发黄金印》。

1983年　六十三岁

1月,发表文艺杂论《两栖杂述》(《飞天》1982年第2期)、《语言是艺术》(《花溪》1983年第1期)。作散文《一代才人未尽才——怀念裴盛戎同志》,收入《裴盛戎艺术评论集》(中国戏剧出版社1984年版)。

2月,发表小说《八千岁》(《人民文学》1983年第

2 期)。

约 3 月下旬,应《北京文学》之邀到门头沟为该刊举办的北京市青年业余作者短篇小说创作班授课。

4 月,作小说《小说三篇》(《钟山》1983 年第 4 期),包括《求雨》、《迷路》、《卖蚯蚓的人》。作文艺论文《小说技巧常谈》(《芙蓉》1983 年第 4 期[①]),包括《成语·乡谈·四字句》、《呼应》、《含藏》三题。作创作谈《关于小小说》(《百花园》1983 年第 4 期)。

本月,与邓友梅、从维熙、林斤澜应山东德州有关部门之邀前往讲课,汪曾祺讲"戏曲和小说杂谈"(整理稿刊于《山东文学》第 11 期)。其间,往游鲁西南菏泽、郓城、梁山等地,作诗《菏泽牡丹》("造化师人意")、《梁山》("远闻巨野泽")。回德州后在平原县作文学讲座,强调自己的小说都是有主题的。

5 月,撰《菏泽游记》(《北京文学》1983 年第 11 期),包括《菏泽牡丹》、《上梁山》两题。

[①] 北京师范大学出版社 1998 年版《汪曾祺全集》本篇缀"一九八三年三月十五日"。兹从之。

6月中上旬,完成《北京师范学院学报》约稿《我是一个中国人——散步随想》(《北京师范学院学报》1983年第3期①)。6月下旬,应张家口文联邀请,往张家口讲学。参加"张家口市小说创作座谈会",作题为"生活·思想·技巧"的发言,并当场赋诗《重来张家口,读〈浪花〉小说有感》。发言记录稿刊发于《浪花》1983年第3期小说专号。往游大境门等名胜并到沙岭子,故地重游,感慨颇多,作诗《过大境门》、《重来张家口》、《重过沙岭子》等抒怀。

7月,作小说《云致秋行状》(《北京文学》1983年第11期)、《星期天》(《上海文学》1983年第9期)。

8月,作小说《故里三陈》(《人民文学》1983年第9期),包括《陈小手》、《陈四》、《陈泥鳅》三题。《新华文摘》1982年第10期以《小说二篇》为总题选载其中的《陈小手》与《陈四》。

9月,为人民文学出版社拟出小说集《晚饭花集》作

---

① 有关情况见刘锡诚:《一个抒情的人道主义者》,《钟山》1998年第3期。

自序。作小说《昙花、鹤和鬼火》(《东方少年》1984 年第 1
期)。下旬,应《钟山》邀请,赴苏州、无锡参加该刊主办的
太湖笔会。宗璞同行,会议期间作诗《戏赠宗璞》。①

10 月,作小说《金冬心》(《现代作家》1984 年第 1 期)。

11 月下旬,应邀赴徐州、连云港讲学。在徐州作题
为"文学创作杂谈"的报告。在连云港,作题为"谈谈小说
创作"的报告。② 游览花果山,作诗《人间幻境花果山》。

12 月,作散文《人间幻境花果山》(《连云港文学》
1984 年第 1 期)。

本月,人民文学出版社编选《1983 年短篇小说选》(该
书于 1984 年 3 月出版),北京出版社出版《〈北京文学〉一
九八二短篇小说选》,《陈小手》、《鉴赏家》分别入收。

1984 年　六十四岁

1 月,先后作文艺评论《传神》(《江城》1984 年第 3

---

① 诗见宗璞《三幅画》引,文载《钟山》1988 年第 5 期。
② 徐州行踪,据作家董尧先生接受笔者访问及致笔者信中提供的材
料。董尧时任徐州文联《大风》杂志编辑。

期)、创作谈《谈谈风俗画》(《钟山》1984 年第 3 期"文学风俗画笔谈"栏)、文艺杂论《提高戏曲艺术质量》(《戏剧论丛》1984 年第 1 辑)。

2 月 1 日,除夕,绘菊花图并题诗《一九八三年除夜子时戏作》。

本月,作文学评论《漫评〈烟壶〉》(《文艺报》1984 年 4 月号),评邓友梅新作《烟壶》。① 作文艺杂论《谈风格》(《文学月报》1984 年第 6 期),作小说"拟故事"《仓鼠和老鹰借粮》(《中国作家》1985 年第 4 期)。

3 月,作散文《老舍先生》(《北京文学》1984 年第 5 期,《新华文摘》1984 年第 7 期转载),后获 1984 年度"《北京文学》奖"。中旬,参加《北京文学》1983 年优秀作品发奖大会,汪曾祺的散文《天山行色》是十篇获奖作品中唯一的散文作品。

本月,上海文艺出版社出版《1983 年全国短篇小说佳作集》,湖南人民出版社出版《〈人民文学〉创刊 35 周年短篇小说选》,《陈小手》同时入收两书。

---

① 邓友梅:《再说汪曾祺》,《文学自由谈》1997 年第 6 期。

4月,作小说"拟故事"《螺蛳姑娘》(与前作《仓鼠和老鹰借粮》一起以《拟故事两篇》为总题刊于《中国作家》1985年第4期)。

5月,作散文《翠湖心影——昆明忆旧之一》、《泡茶馆——昆明忆旧之二》、《昆明的雨——昆明忆旧之三》(分别刊于《滇池》1984年第8、9、10期)。

6月,作小说《日规》(《雨花》1984年第9期,《新华文摘》1984年第11期转载)。作散文《水母》(《北京文学》1984年第11期)。发表散文《葵·薤》(《北京文学》1984年第11期,《新华文摘》1985年第1期转载),系将旧作两篇"蔬菜笔记"《葵》、《薤》合并而成。

7月,花山文艺出版社《长篇小说报》创刊号出版,封二刊出汪曾祺贺诗《题长篇小说报》手迹。

8月,发表《流派要发展,要有新剧目——读李一氓〈论程砚秋〉有感》(《戏剧电影报》1984年第13期)。

本月,北京京剧院成立国庆三十五周年献礼节目领导小组,汪曾祺为成员之一。同时,剧院加紧排练六台节目,其中有汪曾祺参与创作的两台:一是现代戏《红岩》,二是由汪曾祺改编剧本的传统戏《钟馗嫁妹》。

9 月,作文艺评论《应该争取有思想的年轻一代——关于戏曲问题的冥想》(《新剧本》1985 年第 1 期)。

本月,北京十月文艺出版社出版《北京优秀短篇小说选(1949—1984)》,《大淖记事》入收。

11 月,作散文《隆中游记》(生前未发表,后刊于《收获》2001 年第 4 期)。应邀担任河南百花园杂志社即将创刊的《小小说选刊》顾问,并题写贺词:"小小说如斗方册页,须以小见大,言近意远,笔精墨妙,以己少少许胜人多多许。"

12 月,作散文《跑警报——昆明忆旧之四》(《滇池》1985 年第 3 期)。本月 29 日,参加在京西宾馆举行的中国作家协会第四次会员代表大会。

本年,改定《故乡水》(《中国》1985 年第 2 期)。

1985 年　六十五岁

1 月,应邀担任中国文联出版公司与中国青年报社联合举办的"千字小说征文比赛"评委(共十一位评委)。在第四次作代会上当选为中国作协理事。

3月,作文学评论《人之所以为人——读〈棋王〉笔记》(《光明日报》1985年3月21日),作文艺杂论《细节的真实——习剧札记》(《文艺欣赏》1985年第3期)。

本月,《北京文学》举行1984年优秀作品评选,《老舍先生》列散文类第一,同时在"北京市庆祝建国三十五周年文艺作品征集评奖"中获散文二等奖。

本月,小说集《晚饭花集》由人民文学出版社出版,收汪曾祺1981年到1983年间小说新作十九篇。冯骥才、李陀编《当代短篇小说43篇》由四川文艺出版社出版,《异秉》入收。

4月,发表散文《昆明的果品——昆明忆旧之五》(《滇池》1985年第4期),包括《梨》、《石榴》、《桃》、《杨梅》、《木瓜》、《地瓜》、《胡萝卜》、《核桃糖》、《糖炒栗子》九题。作文艺创作自述《我和民间文学》(《民间文学》1985年第4期)。

本月中旬,参加莫言新作《透明的红萝卜》研讨会。

5月,《北京文学》创刊三十周年,作《祝愿》一文(《北京文学》1985年第6期)以庆贺。作创作谈《我是怎样和戏曲结缘的》(《新剧本》1985年第4期)。

6月,作散文《昆明的花——昆明忆旧之六》(《滇池》1986年第3期)。

7月上旬,作小说《故人往事》(《新苑》1986年第1期),包括《戴车匠》、《收字纸的老人》、《花瓶》、《如意楼和得意楼》四题。

8月,作散文《八仙》(生前未刊)①、《生机》(《丑小鸭》1985年第8期,包括《芋头》、《豆芽》、《长进树皮里的铁蒺藜》三题)。

9月,作小说《郝有才趣事》(《大西南文学》1985年第9期)。后收入《汪曾祺自选集》,改题为《讲用》。

10月上中旬,随艾芜为团长的中国作家代表团赴香港访问。其间,到访商务印书馆(香港)、香港三联书店,接受香港《文汇报》记者袁群英的专访。结识了香港作家、编辑辜健(古剑),后成多年好友。

本月,《受戒》入收崔道怡主编、百花文艺出版社出版的《小说拾珠》,这是一部"获奖以外短篇佳作的选本",收

---

① 先后写过两篇同题文。1985年8月18日作本较短,1986年12月4日作本较长,逐一论述八仙,少部分内容雷同。

1979 年至 1983 年间"曾经引人瞩目和深受读者好评的小说"四十篇。《昙花、鹤和鬼火》入收新蕾出版社出版的《1984 年全国儿童短篇小说选》。

11 月,为何立伟即将出版的小说集《小城无故事》作序,题为《从哀愁到忧郁》(先刊于《文学自由谈》1986 年第 1 期)。作小说《詹大胖子》(《收获》1986 年第 2 期)。

12 月,作小说《幽冥钟》(《收获》1986 年第 2 期)、《茶干》及其后记,与前此所作《詹大胖子》一起以《桥边小说三篇》为总题刊于《收获》1986 年第 2 期,《新华文摘》1986 年第 6 期转载《幽冥钟》一篇。作文艺笔谈《待遣春温上笔端》(《瞭望》周刊海外版 1985 年第 51 期),是该刊"年度文学状况"笔谈的约稿。

年末,作散文《香港的鸟》,刊处不详,收入《蒲桥集》。

1986 年　六十六岁

1 月,作散文《沈从文先生在西南联大》(《人民文学》1986 年第 5 期)。作散文《午门忆旧》、《玉渊潭的传说》(以《桥边散文(两篇)》为总题刊于《北京文学》1986 年第

5 期)。为傅学斌《京剧百丑脸谱集萃》作《〈百丑图〉跋》，手书墨迹收入傅学斌《京剧百丑脸谱集萃》，中央编译出版社 2002 年版。

2 月，发表散文《香港的高楼和北京的大树》(《光明日报》1986 年 2 月 23 日)。

3 月，发表文艺杂论《用韵文想》(《剧本》1986 年第 3 期)。

4 月，作评论随笔《一篇好文章》(《北京晚报》4 月 19 日，评该报日前发表的耿鉴庭《朱光潜先生二三事》一文)。

本月，应《北京文学》之邀到京郊踏青，对办刊提出建议。不久，新任主编林斤澜提出的编辑意见中充分吸收了这些建议。本月，参加《文艺研究》文学组举行的文学语言问题座谈会，并作题为"关于小说语言"的发言。本月，高邮县文联成立，汪曾祺被聘为名誉主席。

5 月，作文艺随笔《关于小说的语言(札记)》(《文艺研究》1986 年第 4 期，包括《语言是本质的东西》、《从众和脱俗》、《神气·音节·字句》、《小说语言的诗化》四题)。发表散文《故乡的食物》(《雨花》1986 年第 5 期，包括《炒米和焦屑》、《端午的鸭蛋》、《咸菜茨菇汤》、《虎头鲨·昂嗤鱼·砗螯·螺蛳·蚬子》、《野鸭·鹌鹑·斑鸠·鵽》、《葖蒿·枸杞·荠菜·马齿苋》六题）。因江连农来信请教，本月12日复信与谈戏曲发展的经验教训、现状与问题，来往书信后分别以《我的困惑》、《一个"外星人"的回答》为题，一起刊于《新剧本》1986年第4期。

5月末，应邀赴常德参加由北岳文艺出版社主办的通俗文学讨论会。会议期间，因感雅俗文学并无截然界限，即席赋诗（"北岳谈文到南岳"）（诗见《索溪峪》（1988年）一文自引），后游索溪峪、宝峰湖、张家界，赋诗《索溪峪》、《宝峰湖》等纪行。

6月，作随笔《谈读杂书》（《新民晚报》1986年7月8日）。为纪念老舍逝世二十周年而作小说《八月骄阳》（《人民文学》1986年第9期，《新华文摘》1986年第10期转载）。发表小说《虐猫》（《北京晚报》1986年6月10日）。

本月起在《北京晚报》开设"桥边杂记"专栏。6月30日，刊发《小序》及第一篇《比罚款更好的办法》。本月撰

122

成的其他篇什,随后陆续刊发:《写信即是练笔》(1986年7月14日)、《灵通麻雀》(1986年7月28日)、《博雅》(上、下,1986年8月11日、25日)、《沈括的幽默》(1986年9月22日)、《苏三监狱》(1986年10月6日)、《再谈苏三》(1987年1月10日)。

本月,《中国新文艺大系(1976—1982)》短篇小说集下卷由中国文联出版公司出版。《大淖记事》入收。

7月,作小说《安乐居》(《北京文学》1986年第9期,《新华文摘》1986年第12期转载)。发表小说《毋忘我》(《北京晚报》1986年7月12日)。发表新诗《旅途》(《中国作家》1986年第4期),包括《有一个长头发的青年》、《赛里木》、《巴特尔要离开家乡》、《吐鲁番的联想》、《坝上》、《歌声》六题。

下半月,赴密云水库参加北京市文化局组织的"新剧作讨论会"。包括汪曾祺《一捧雪》在内的十余个剧本受到重视。在密云作《小小说是什么》(《文艺学习》1986年第3期),改完京剧剧本《一捧雪》并作《前言》(《新剧本》双月刊1987年第5期)。

本月,为《作家》创刊三十周年题诗("清影姗姗小叶杨")(手迹刊《作家》1986年第10期)。

8月,为拟出文论集《晚翠文谈》作自序,题为《门前流水尚能西》(先刊《天津文学》1986年第11期)。作文艺随笔《有意思的错字》(生前未发表)、《口味·耳音·兴趣》(后作为《吃食和文学》之一刊于《作品》1987年第1期)。作散文《他乡寄意》(《新华日报》1986年9月17日)。

本月,参加两场纪念老舍逝世二十周年的座谈会并发言。台湾新地出版社出版大陆作家小说选《灵与肉》,收汪曾祺、李準、刘青、牛正寰、张贤亮小说各一篇,列为该社"当代中国大陆作家丛刊"之二,《黄油烙饼》作为头题入收。

9月2日,参加《文艺报》为庆贺巴金《随想录》五集完稿而召集的首都文艺界人士座谈会。汪曾祺在发言中称巴金"始终是一个痛苦的流血的灵魂"。发言整理稿以《责任应该由我们担起》为题,刊于《文艺报》1986年9月27日。本月作《苦瓜是瓜吗?》(作为《吃食和文学》之一,刊于《作品》1987年第1期)。

10月,作散文《云南茶花》(《北京文学》1987年第1

124

期)。为鲁迅文学院第八期作家班①、第一届进修班讲课,题为"谈创作"。②

本月,受西南联大校友会委托,为庆贺联大校友、物理学家李政道六十寿辰及宇称不守恒定律发现三十年,作诗("三十年前三十岁")并书赠李政道。下旬,应江苏文艺出版社邀请,趁赴上海参加"中国当代文学国际研讨会"之机,先到南京,与黄裳和林斤澜夫妇游南京、扬州。27日回高邮探亲,并以顾问身份出席《高邮县志》编写座谈会。返扬州后,读青年作家杜海的小说稿《碧珍》,作文艺杂论《说"怪"》以为回应,生前未发表。

11月,在上海参加"中国当代文学国际研讨会"。其间与欧洲汉学家易德波、秦碧达等人交流。8日,参加中国作协四届理事会二次会议。下旬,应《北京文学》之邀

---

① 汪曾祺多次为鲁迅文学院授课。鲁迅文学院招收学员期次较多,性质不一。本谱参照了该院内部资料《鲁迅文学院与中国当代文学》(鲁迅文学院2009年编印)。该书对各班的名称也不完全统一,如有时称"届",有时称"期",有时则以某年度称之;又如,有时称"进修班",有时称"培训班"。本书遵从鲁院资料,未强令统一。

② 这两个班分别于1984年2月和1985年3月入学,中间因校舍问题停课,1986年9月复课。据《鲁迅文学院与中国当代文学》,鲁迅文学院编,2009年6月。

到该刊举办的青年小说作者改稿班座谈交流。本月,作文艺杂论《小说的散文化》(《八方》丛刊1987年第5辑)。

12月,因李陀提议,《北京文学》将封二交给汪曾祺开设短散文专栏"草木闲篇"。本月为专栏撰《张大千和毕加索》、《八仙》、《栈》三篇(分别刊《北京文学》1987年第2、3、4期)。为漓江出版社拟出的《汪曾祺自选集》作自序,为金实秋《古今戏曲楹联荟萃》作序(先以《戏台天地》为题刊于《读书》1987年第8期)。

下半年,在鲁迅文学院进修班作讲座,记录稿《汪曾祺谈创作》刊于鲁迅文学院内部刊物《文学院》2004年第2期,后收入该院编《文学之门》,中国文联出版社2005年版。

本年,为中央电视台电视专题片《话说运河》作一集解说词《地灵人杰话淮安》(收入解说词集《话说运河》,中国青年出版社1987年版)。作散文《索溪峪》(《桃花源》1988年第1—2期合刊)。

1987年　六十七岁

1月,作文学评论《林斤澜的矮凳桥》(《文艺报》1987

年1月31日），包括《林斤澜的桥》、《幔》、《人》、《涩》四题，《新华文摘》第100期转载。作散文《宋朝人的吃喝》（作为《散文四篇》题下之一，刊于《作家》1987年第6期）。① 作文艺随笔《贺路翎重写小说》（《人民日报》1987年2月24日"大地"）。为朱延庆《江苏邑县丛书——高邮》作序（先刊《雨花》1987年第11期）。发表评论文章《童歌小议》（《民间文学论坛》1987年第1期），包括《少年谐谑》、《儿歌的振兴》两题。发表散文《昆明菜——昆明忆旧之七》（《滇池》1987年第1期）②，包括《汽锅鸡》、《火腿》、《牛肉》等九题。发表散文《吃食和文学》（《作品》1987年第1期），包括《咸菜和文化》、《口味·耳音·兴趣》两题。28日为旧历除夕，接受《光明日报》记者武勤英采访，其以汪曾祺第一人称口吻所写的访问记《看书、买书与写书——作家汪曾祺的书房》刊于《光明日报》

---

① 《散文四篇》除本篇外还有《马铃薯》、《紫薇》、《腊梅花》。其中《宋朝人的吃喝》后标时间为"一九六七年一月十八日"，《蒲桥集》收入时原样照排。均误。

② 《滇池》刊出本副标题作"《昆明忆旧》之六"。"昆明忆旧"系列至上一篇《昆明的花》已为"之六"，这里显然为误植，应为"之七"。

1987 年 2 月 21 日。①

2 月,元宵节(2 月 12 日)前后作旧体诗《元宵》(《光明日报》1987 年 2 月 15 日)、六十七岁生日自寿诗("尚有三年方七十",手书墨迹)。本月,作散文《马铃薯》、《腊梅花》、《紫薇》(与前作《宋朝人的吃喝》一起以《散文四篇》为题刊于《作家》1987 年第 6 期)、《金岳霖先生》(《读书》1987 年第 5 期)。

3 月,作散文《午门》(香港《大公报》1987 年 5 月 12 日)。作《北京文学》"草木闲篇"专栏文《杜甫草堂·三苏祠·升庵祠》(1987 年第 5 期)、《苏三、宋士杰和穆桂英》(1987 年第 6 期)。作散文《猴王的罗曼史》(《北京晚报》1987 年 4 月 18 日)。以上诸篇又陆续在香港《大公报》"大公园"刊发。作散文《泰山拾零》(香港《文学家》第 1 卷第 2 期,1987 年 6 月出版,包括《陈庙长》、《经石峪》、《快活三里》等十题)。本月出版的《人民文学》1987 年第 3 期刊出《社会性·小说技巧》,是为该刊副主编崔道怡主持的汪曾祺与林斤澜对谈的记录,根据录音整理。

---

① 采访日期,据文中"岁末最后一天"一语推断。1 月 28 日为除夕日。

128

4月5日,随中国作协作家代表团抵昆明,作云南边疆民族地区参观采访之行。游访云南各地,先后到武定、楚雄、大理、保山、腾冲、德宏,参加了芒市泼水节和德宏州法帕区泼水节。每到一地均组织座谈。在楚雄谈文学语言,在大理谈文学风格,在保山、瑞丽、昆明均有座谈、题诗联。《文学语言杂谈》(《滇池》1987年12期)即是此次出访座谈记录稿。返昆后,寻访联大旧址,游访了茶馆、黄土坡、白马庙、金殿、黑龙潭、西山、大观楼。应请题字画若干。

月末返京。作散文《建文帝的下落》(《大西南文学》1987年第12期)。

5月,作散文《泼水节印象》、《大等喊》、《滇南草木状》(三篇合为《滇游新记》,刊于《滇池》1987年第8期)。作"草木闲篇"专栏文《吴三桂》(《北京文学》1987年第7期)。发表散文《藻鉴堂》(香港《大公报》1987年5月25日)。

本月出版的台湾《联合文学》1987年第5期刊出"汪曾祺作品选"专辑,除发表了署名"编辑室"的《从前卫到寻根——汪曾祺简介》,还选载了《受戒》、《大淖记事》、《陈小手》、《詹大胖子》、《八月骄阳》、《复仇》六篇小说。

6 月，发表散文《观音寺——昆明忆旧之八》(《滇池》1987 年第 6 期)①、《熬鹰·逮獾子》、《狼的母性》(香港《大公报》1987 年 6 月 8 日、25 日)。中旬，赴桂林参加首届漓江旅游文学笔会。其间，与柯蓝、公木、贾平凹等同游，并向当地文学爱好者介绍创作经验。会后转道南宁。其间，作《广西杂诗》七首(《广西文学》1987 年第 9 期)。

7 月，作"草木闲篇"专栏文《鳜鱼》、《银铘》(《北京文学》1987 年第 11 期、第 12 期)。作散文《家常酒菜》(《中国烹饪》1988 年第 6 期)，包括《拌菠菜》、《拌萝卜丝》、《干丝》等十题。12 日，美国《纽约时报》刊登该报记者戈尔根采写的题为《中国的文化压制》的报道，综合了对多位人士的专访，报道当前文艺形势。其中一段写汪曾祺接受专访时说的关于"批判资产阶级自由化"的看法。9 月22 日汪曾祺在美国看到报纸，指出这段报道有"捏造"之处。

8 月，开始改写《聊斋志异》的写作计划"聊斋新义"系列。本月作《瑞云》(《人民文学》1988 年第 3 期)。作散

---

① 刊出稿作"第七"，按该系列前面诸篇排序，本篇当系"第八"。

130

文《钓鱼台》(香港《大公报》1987 年 11 月 23 日)。为台湾联合出版社拟出的汪曾祺短篇小说自选集《茱萸集》作题记。约本月,作《传统文化对中国当代文学创作的影响》、《我是一个中国人——我的创作生涯》两文以备赴美演讲用,由施松卿译为英文。月底,取道香港赴美国参加"国际写作计划",在港期间,接受施叔青访问,访谈录《散文化小说是抒情诗——访汪曾祺》(刊《联合报》,日期不详,又以《作为抒情诗的散文化小说》为题发表于《上海文学》1988 年第 4 期)。

9 月 1 日,抵达美国爱荷华大学,开始为期三个月的"国际写作计划"日程。本期"计划"共有 27 国 33 名作家参加。

本月,完成"聊斋新义"系列的《黄英》(《人民文学》1988 年第 3 期)、《蛐蛐》(《人民文学》1988 年第 3 期)、《双灯》(《上海文学》1989 年第 1 期)、《石清虚》(《人民文学》1988 年第 3 期),以上诸篇在国内发表之前均先刊发于纽约《华侨日报》。发表散文《水母宫和张郎像》、《坝上》(香港《大公报》9 月 17 日、27 日)、《夏天的昆虫》(《北京文学》1987 年第 9 期)。

本月出版的台湾《联合文学》1987 年第 9 期刊出"京味小说"专辑,选登老舍、汪曾祺等的作品,汪曾祺的《安乐居》入选。小说集《寂寞和温暖》由台湾新地出版社出版,收入短篇小说十三篇,均为《汪曾祺短篇小说选》中的作品。

10 月 12 日,"国际写作计划"前主持人保罗·安格尔生日,汪曾祺作诗("安寓堪安寓")以贺。18 日,参加"计划"组织的"我为何写作"讨论会并作发言。下旬,往游芝加哥,参加了李欧梵组织的与芝加哥大学中国学生的座谈,讲"我为什么到六十岁以后写小说较多,并且写成这个样子"。返爱荷华大学后,为文学系学生讲"作家的社会责任感"。

本月,以家书形式作散文《林肯的鼻子》(后刊于《散文世界》1988 年第 4 期)。发表"草木闲篇"专栏文《从桂林山水说到电视连续剧〈红楼梦〉》(《北京文学》1987 年第 10 期)。本月,《汪曾祺自选集》由漓江出版社出版。

11 月上中旬,旅行美东地区,先后到纽约、纽黑文、费城、波士顿。在爱荷华大学演讲"作家的社会责任感",

在耶鲁大学演讲"中国文学的语言问题"①，在马里兰大学演讲"传统文化对中国当代文学的影响"，在宾夕法尼亚大学、哈佛大学演讲中国文学的语言问题。后追记演讲内容成《中国文学的语言问题——在耶鲁和哈佛的演讲》一文，先刊于纽约《中报》（日期不详），后以《中国作家的语言意识》为题刊于《文艺报》1988 年 1 月 16 日。22 日，在爱荷华参加"美国印象座谈会"并发言，大受好评。接受爱荷华大学授予的"荣誉研究员"称号。在北爱荷华大学演讲，题为"文化大革命期间我们是如何创作的"。29 日，"国际写作计划"举行欢送会。

本月，发表散文《太监念京白》（香港《大公报》1987 年 11 月 3 日）。

在美期间，汪曾祺精神振奋，参加活动积极，谈吐幽默，思维敏捷，给各国作家留下深刻印象。与古华、蒋勋、王渝、王浩、金介甫、郑愁予、李欧梵等华人作家往从密

---

① 该讲题先后在耶鲁大学、哈佛大学、宾夕法尼亚大学讲过，各处分别用过"中国文学的语言问题"、"中国作家的语言意识"、"我对文学语言的一点看法"等名称。后来发表的追记整理稿定名为《中国文学的语言问题》。

切,特别是与计划主持人安格尔及其夫人聂华苓结下深厚友谊。

12 月 22 日,返抵北京。本月,在云南所作讲座(1987年 4 月期间)的记录稿《文学语言杂谈》发表(《滇池》1987年第 12 期)。

1988 年 六十八岁

1 月,作《话说"市井小说"》(《人民日报》1988 年 3 月18 日)、《〈聊斋新义〉后记》(《人民文学》1988 年第 3 期)。本月,出席话剧《太平湖》公演、《老舍之死》一书发行新闻发布会,并作发言。①

2 月,发表散文《菌小谱》(《中国烹饪》1988 年第 2期)②、《悬空的人》(《瞭望》1988 年第 5 期)。

---

① 有关报道见《戏剧电影报》1988 年第 3 期(1 月 17 日出版)。
② 1987 年 10 月在《大公报》上发表的《昆明食菌》(10 月 11 日)、《口蘑》(10 月 22 日)两文,与《菌小谱》中的相关两部分略同。按:汪曾祺1987 年 8 月末即赴香港转飞美国,直到当年年末回国,故该文主要内容至迟在 1987 年 8 月底前即已写成。

本月肖德生、阎纲等主编的《一九八六年短篇小说选》由人民文学出版社出版,《安乐居》见收。《故乡的食物》收入上海文艺出版社编选的《八十年代散文选1986》。

3月,作诗《寿马少波同志七十》,为京郊西北望田园庄作诗(长短句)《田园庄》("东北望,西北望")。作《自报家门——为熊猫丛书〈汪曾祺小说选〉作》(《作家》1988年第7期),后被译为英文,以"Opening Speech"为题,收入英文版小说选 *Story After Supper*(《晚饭后的故事》),中国文学出版社1990年版。该书系"熊猫丛书"之一。"熊猫丛书"是由外文出版社创始、1986年后一度由中国文学出版社出版的专门以外文向国外介绍中国文学的丛书。文论集《晚翠文谈》由浙江文艺出版社出版。

4月5日到10日①,与李陀等《北京文学》一行赴大同,举行该刊创作函授部的面授。读大同青年作家曹乃谦的小说集《到黑夜想你没办法》,作《〈到黑夜我想你没办法〉读后》(《北京文学》1988年第6期)。② 本月,小说

---

① 大同之行的日期,见1988年4月3日致彭匈信。
② 曹乃谦小说原作标题中实无"我"字。

《七里茶坊》重刊于台湾《联合文学》1988年4月号。《西南联大中文系》收入由北京大学出版社为北大九十年校庆而编辑出版的纪念文集《精神的魅力》。

5月，发表"聊斋新义"系列之《陆判》（《滇池》1988年第5期）。闻沈从文离世消息，作《淡泊的消逝——悼吾师沈从文先生》（《中国时报》1988年5月14日）、《一个爱国的作家》（《人民日报》海外版1988年5月20日，《新华文摘》1988年第7期转载）、《星斗其文，赤子其人——怀念沈从文老师》（《人民文学》1988年第7期）、《严子陵钓台》（未见单独发表，收入《蒲桥集》）。①

本月，参加沈从文遗体告别仪式，新华社报道引述了他接受采访时说的话，沈先生是"真诚的爱国主义者"，"是我见到的作家中最甘于淡泊的，这不仅是人的一种品格，也是人的一种境界"。② 谈到沈从文逝世，表示："沈从文先生去世，国外反应强烈，国内报刊则寂寥，令人

① 各书所收均不缀作日。有关推考见徐强《〈汪曾祺全集〉系年辨正——兼论若干篇章的文献意义》（《文艺评论》2011年第1期）。
② 郭玲春（新华社记者）：《眷恋乡土多名作 饮誉中外何寂寞——杰出作家沈从文告别亲友读者》，《人民日报》1988年5月19日。

气闷!"

6月,发表散文《字的灾难》(《光明日报》1988年6月5日)。发表《〈蒲桥集〉自序》(《花城》1990年第2期)。①作散文《踢毽子》(《中国体育报》1988年7月12日)、《关于散文的感想》(《文艺报》1988年7月23日)。作小说"聊斋新义"系列之《画壁》(《北京文学》1988年第8期)。

本月,应邀与萧乾、茹志鹃、刘再复担任"美孚飞马文学奖"的评委。②白烨编选的《小说文体研究》一书由中国社会科学出版社出版,收入汪曾祺的《关于小说语言(札记)》、《林斤澜的矮凳桥》及他人所撰关于汪曾祺的专论两篇——李陀《意象的激流》、李国涛《汪曾祺小说文体描述》,另有以他为主要评论、言说对象的文章两篇——何立伟《美的语言与情调》、李庆西《新笔记小说:寻根派也是先锋派》。书中其他很多篇什也多处提到汪曾祺的创作。

---

① 该散文集原拟称《桥边散文集》或《桥边集》,正式出版时定名为《蒲桥集》。所以收该序时,原称"《桥边散文集》"的地方均改作"《蒲桥集》"。《花城》发表稿同。
② 据香港《大公报》1988年6月21日报道。

7月,发表《多此一举》(《光明日报》1988年7月10日,包括《信封上印画》、《工艺菜》两题)。作文艺杂谈《不要把作家抽象化起来》(《火花》1988年)。读台湾作家施叔青的戏剧文化著作《西方人看中国戏剧》,作《〈西方人看中国戏剧〉读后》(《文艺报》1988年8月20日)。杨德华编《市井小说选》本月由作家出版社出版,《讲用》入收,另收汪曾祺所作序言。

本月,参加《文学自由谈》编辑部举行的主题为"漫话作家的责任感"的文学沙龙并发言。沙龙实录以《漫话作家的责任感》为题,刊于《文学自由谈》1988年第5期。约此时,天津艺术研究所魏子晨来访,汪曾祺在谈话中提出京剧传统戏要"尽量保存传统作品的情节,而在关键的地方加以更动,注入现代意识。"①同月,参加文化艺术出版社为出版"京味小说八家"(老舍、汪曾祺、刘绍棠、邓友梅、韩少华、陈建功、浩然、苏叔阳)而召开的"京味小说座谈会"。

---

① 魏子晨:《假如组建一个汪曾祺京剧团呢?》,《上海戏剧》1989年第3期。具体采访时间失记,此据魏子晨先生接受笔者访问时提供信息推断。

8月，作创作谈《认识到的和没有认识的自己》（《北京文学》1989 年第 1 期，《新华文摘》1989 年第 5 期转载）、散文《沈从文转业之谜》（《真善美》第 1、2 期合刊号）。发表散文《自报家门》（《作家》1988 第 8 期），发表《美国短简》（《上海文学》1988 年第 8 期，包括《美国旗》、《夜光马杆》、《花草树》、《Graffiti》、《怀旧》、《公园》六题），散文《退役老兵不"退役"》（《文艺报》1988 年 8 月 13 日）。

本月，接受张兴劲专访，访谈情况见张兴劲《访汪曾祺实录》，刊于《北京文学》1989 年第 1 期，又载台湾《联合文学》1989 年 1 月号。

9月，作散文《酒瓶诗画》（《光明日报》1988 年 9 月 11 日）、《关于"样板戏"》（《文艺研究》1989 年第 3 期）。短篇小说自选集《茱萸集》由台湾联合出版社出版。

本月，北京师范大学研究生院与鲁迅文学院联合举办的"文艺学·文学创作"研究生班预备班开学，汪曾祺任授课专家。参加《北京文学》在京召开的"汪曾祺作品研讨会"，与会者包括林斤澜、李陀、陈世崇、黄子平、陈平原、吴组缃等国内著名学者及法国的安妮·居里安等外国汉学家。

10月,作散文《鞶射珠光》(《中国物资报》1988年11月17日)、笔记体小说《早茶笔记(三则)》(《今古传奇》1989年第2期,包括《断笔》、《八指头陀》、《耿庙神灯》)。

本月,作为评委参加在京举行的"美孚飞马文学奖"颁奖,贾平凹的《浮躁》获奖。

11月,作评论《贾平凹其人》(《瞭望》1988年第50期,该刊为本届飞马文学奖特设了"《浮躁》四人谈"栏目)、散文《野鸭子是候鸟吗?——美国家书》(《经济日报》1988年11月20日)、散文《淡淡秋光》(《散文世界》1989年第1期,包括《秋葵·凤仙花·秋海棠》、《香橼·木瓜·佛手》、《橡栗》、《梧桐》四题)、文艺随笔《小说陈言》(《小说选刊》1989年第1期,包括《抓住特点》、《虚构》、《干净》三题)。中华诗词学会《中华诗词年鉴》首卷由中国民间文艺出版社出版,汪曾祺《广西杂诗·桂林(二)》入收。

12月,作小说《荷兰奶牛肉》(《钟山》1989年第2期)、散文《冬天》(生前未发表)。发表散文《吴大和尚和七拳半》(《人民日报》1988年12月7日)、《韭菜花》(《三月风》1989 年第 1 期）。

1989 年　六十九岁

1月,作散文《吴雨僧先生二三事——早茶笔记之二》(《今古传奇》1989 年第 3 期）。发表纪实散文《我的"解放"》(《东方纪事》1989 年第 1 期,《新华文摘》1989 年第 3 期转载）。

本月,《北京文学》与台湾《联合文学》共同行动,刊发汪曾祺专号。《北京文学》第 1 期刊出汪曾祺的小说新作《小学同学》(包括《金国相》、《邱麻子》、《少年棺材匠》、《娈蒿薹子》、《王居》五题)和自述《认识到的和没认识到的自己》、陈红军整理的《汪曾祺作品研讨会纪要》、张兴劲的《访汪曾祺实录》及两篇评论——吴方《说"淡化"——汪曾祺小说的"别致"及其意义》和安妮·居里安《笔下浸透了水意——沈从文的〈边城〉和汪曾祺的〈大淖记事〉》(陈丰译)。《联合文学》1 月号专辑名为"来自大地的声音——'汪曾祺作品探索'专辑"。除发表《北京文学》专号上的全部内容外,还刊出方瑜的一篇《乱针绣出的人物绘卷——评汪曾祺〈茱萸集〉》。

江苏文艺出版社主办的《东方纪事》杂志从本期开始改在北京编辑,汪曾祺担任该刊总顾问。

2月,作七场戏曲歌舞剧《大劈棺》(《人民文学》1989年8月)。参加河北省文联、《文艺报》和作家出版社联合举办的铁凝长篇小说新作《玫瑰门》讨论会并作发言。《桥边小说三篇》收入由吴亮、章平、宗仁发编,时代文艺出版社出版的"新时期流派小说精选丛书"之一《民族文化派小说》。

3月,作诗《我为什么写作》(《新民晚报》1989年4月11日)、文艺杂论《重写文学史,还不到时候》(《文论报》1989年3月25日)。第一部自选散文集《蒲桥集》由作家出版社出版,列为"四季文丛"之一,共选散文六十一篇。

本月,《吴大和尚和七拳半》在《人民日报》文艺部"燕舞"散文征文评选中获奖。为鲁迅文学院第五届作家进修班和首届文学创作研修班授课,题为"谈创作"。① 刘

---

① 鲁迅文学院 2009 年编《鲁迅文学院与中国当代文学》记其事,不系年月。此处依据第五届进修班学员苏北向笔者提供的回忆确定时间。

颖南、许自强编《京味小说八家》一书由文化艺术出版社出版,选收汪曾祺的《安乐居》和《云致秋行状》,附有许自强所撰评论《淡中有味,飘而不散》。

4月,发表四言诗《我为什么写作》(《新民晚报》1989年4月11日)。

本月,为纪念沈从文逝世一周年(5月10日),湖南文艺出版社出版四十万字的大型文献资料性文集《长河不尽流》,汪曾祺的《沈从文转业之谜》入收。《1985—1987散文选》由人民文学出版社出版,《钓鱼台》入收。

5月,作文论《中国戏曲和小说的血缘关系》(《人民文学》1989年第8期)、诗《秦少游读书台》(载高邮市文联1996年编印的《甓社珠光——高邮市文联十年成果集》)。发表文艺杂论《晚岁渐于诗律细》(《光明日报》1989年5月28日)。华中师范大学编《中国当代文学》第3册由上海文艺出版社出版,在"新时期的社会主义文学"一编的"小说"部分,专节论述了包括汪曾祺在内的"北京作家群"。北京师范大学等十院校编《中国当代文学作品选》(上中下)由人民文学出版社出版,《受戒》入选。

6月,作散文《罗汉》(生前未发表,后刊于《收获》1998年第1期)①、《凤翥街》(《海南纪实》1989年第2期②)。应邀为鲁迅文学院第五期培训班授课,题目为"小说创作漫谈"。

7月,作散文《王磐的〈野菜谱〉》(《中国文化》1990年第2期)、《读廉价书》(《群言》1990年第4期,包括《一折八扣书》、《扫叶山房》、《旧书摊》、《小镇书遇》、《鸡蛋书》五题),小说"聊斋新义"系列之《捕快张三》(《小说家》1989年第6期,所据原故事见于《聊斋》卷九《佟客》后附"异史氏曰"的议论中)。

8月,据《聊斋》中的《凤阳士人》改作小说"聊斋新义"系列之《同梦》(《小说家》1989年第6期)。作散文《"无事此静坐"》(《消费时报》1989年10月18日)。接受《新民晚报》明华采访,采访记《汪曾祺谈读书》刊于该报

---

① 篇末只缀月日。文中说"前三年在苏州甪直看到几尊较古的罗汉"。汪曾祺1986年10月回江苏,然后参加在上海金山举行的中国当代文学国际研讨会,其间游历苏南多地。"前三年"或指1986年,则此篇可能是1989年作。

② 该期出版于当年9月15日,也是该刊的终刊号。之前第2期曾因故脱期,故终刊的期号为"2(补)"。

1989 年 8 月 17 日。

本月 17 日，复信河南大学中文系在读研究生解志熙，应请谈到自己 20 世纪 40 年代的创作，阿左林、纪德、萨特、废名等对自己的影响，及对"京派"的看法等话题。

9 月，作散文《寻常茶话》（《光明日报》1990 年 3 月 20 日）、《〈沈从文传〉序》（《吉首大学学报》1991 年第 1—2 期）。发表《和尚——早茶笔记之三》（《今古传奇》1989 年第 5 期，包括《铁桥》、《静融法师》、《阎和尚》三题）、《江青和两出夭折的样板戏》（《华人世界》1989 年 4、5 期合刊）。

10 月，应邀与林斤澜、刘恒、余华一起赴合肥参加《清明》创刊十周年纪念暨征文授奖大会并作讲话，其间还参加了老中青作家与文学期刊主编座谈，座谈会纪要以《文章千古事，得失寸心知》为题在《清明》1990 年第 1 期发表。①

11 月，作散文《皖南一到》（《花城》1990 年第 2 期，包括《草木》、《屯溪》、《歙县》、《黟县》、《徽菜》五题）、文艺论

---

① 墨白：《汪曾祺的淡泊》，《中华读书报》2012 年 2 月 1 日。

文《词曲的方言与官话》(《中国文化》1990年第2期)。台湾《中国时报》刊出第12届时报文学奖得奖作品《在了解的边缘》(郭真君作),汪曾祺的《边缘的边缘》作为"评审委员意见"一并刊出。

12月,作散文《艺术和人品》(《读书》1990年第3期),谈此前一年逝世的京剧表演艺术家方荣翔。该文原系为方荣翔之子方立民拟撰《方荣翔传》所作代序,后该书(出版时改名《沧海艺魂——我的父亲方荣翔》,济南出版社1990年版)用了翁偶虹的序,汪文遂单独发表。

本月,与林斤澜、何镇邦一行到福建漳州,为鲁迅文学院函授学员设点面授并顺访福建云霄、东山岛、厦门、泉州、福州、武夷山等地。

本年,《中国烹饪》率先刊登《知味集》的部分文章。为山东作家毕四海小说作序,题为《愿他多多实验各种招数》,收入《毕四海中短篇小说选》(济南出版社1990年版)。

本年,为《工人日报》组织的全国工人作家班讲课,题为"小小说的创作"。法文版短篇小说集《受戒》由中国文学出版社出版,列为该社"熊猫丛书"之一种。

1990年　七十岁

1月,作散文《马·谭·张·裘·赵——漫谈他们的演唱艺术》(《文汇月刊》1990年第2期)、《初访福建》(包括《漳州》、《云霄》、《东山》、《厦门》、《福州》、《武夷山》六题,分两次刊于《中国旅游报》1990年4月21日、28日)。发表散文《沽源》(《消费时报》1990年1月10日)。

2月,作诗《七十书怀出律不改》、《遥远的阿佤山》(《文学界》1990年第1期),作散文《七十书怀》(《现代作家》1990年第5期)。发表文艺评论《读一本新笔记体小说》(《光明日报》1990年2月13日,又刊于《金潮》1995年第4期)。

3月,作随笔《知识分子的知识化》(《人民政协报》1990年4月6日)。作《作家谈吃第一集》(《中国烹饪》1990年第8期)。① 发表散文《沙岭子》(《作家》1990年第3期)、《人间草木》(《散文》1990年第3期,包括《山丹

---

① 有关该文及《知味集》其书的背景,参看本年12月相关纪事。

丹》、《枸杞》、《槐花》三题)。

5月,作散文《闹市闲民》(《天涯》1990年第9期)、《二愣子》(《天涯》1990年第9期)。① 发表散文《萝卜》(《十月》1990年第3期,后重刊于台湾《联合文学》1993年第12期)。发表文学评论《愿他多多实验各种招数》(《文学评论家》1990年第3期),是为《毕四海中短篇小说选》一书(济南出版社1990年7月出版)所作序言。

6月,作散文《赵树理同志二三事——早茶笔记之四》(《今古传奇》1990年第5期)、《食道旧寻》(《中国烹饪》1990年11月)。

7月,作杂论《写字》(《八小时以外》1990年第10期)、散文《呼雷豹》(《文汇报》1990年9月26日)、散文《五味》(《中国作家》1990年第4期,重刊于台湾《联合文学》1993年第10期)。

上半年,为鲁迅文学院第六期培训班作讲座"我的创作生涯"(《写作》1990年第7期)。②

---

① 《闹市闲民》和《二愣子》在《天涯》发表时题为《闹市闲民(外一篇)》。
② 这次讲座在3月到7月之间。有关考证见徐强《〈汪曾祺全集〉系年辨正——兼论若干篇章的文献意义》(《文艺评论》2011年第1期)。

8月,作《〈蒲草集〉小引》(《文汇报》1990年9月26日)、文艺随笔《〈水浒〉人物的绰号》(包括《鼓上蚤和拼命三郎》、《浪子燕青及其他》两题,后分别刊于《文汇报》1990年10月24日、1991年2月6日)。

9月,作散文《多年父子成兄弟》(《福建文学》1991年第1期,《新华文摘》1991年第3期转载)、文艺评论《读〈萧萧〉》(《小说家》1991年第1期)。"蒲草集"系列随笔始以专栏形式在《文汇报》"随笔"版刊出,发表《〈蒲草集〉小引》及第一篇《呼雷豹》。

本月,接受李辉采访,主要谈沈从文。整理稿《听沈从文上课》见李辉《和老人聊天》一书(大象出版社2003年版)。

10月,作小说《迟开的玫瑰或胡闹》(《香港文学》1991年第1期、台湾《联合文学》1991年第9期)。作散文《老学闲抄》(《鸭绿江》1991年第2期,包括《皇帝的诗》、《诗用生字》、《毛泽东用乡音押韵》三题)。林建法和王景涛合编《撕碎,撕碎,撕碎了是拼接》一书,汪曾祺为作序,题为《人之相知之难也——为〈撕碎,撕碎,撕碎了是拼接〉而写》(先刊《读书》1991年第2期)。发表散文

《老学闲抄（三章）》（《文学报》1990 年 10 月 25 日，包括《二十年前旧板桥》、《冯乐山的寿联》、《打油诗》）。《人民政协报》1990 年 10 月 25 日"华夏"栏目刊登记者如水（纪红）的短文《汪曾祺先生》。

本月，陈平原主编"漫说文化"丛书之《佛佛道道》由人民文学出版社出版，汪曾祺的《幽冥钟》被收录。

11 月，作散文《米线和饵块》（未见单独发表，有手稿留存）。《上海文学》1991 年第 6 期以《汪曾祺、吴若增谈〈扎根林〉》为题刊出汪曾祺的信（1990 年 11 月 3 日、4日），谈姚育明小说《扎根林》。吴福辉编《京派小说选》由人民文学出版社出版，汪曾祺的《老鲁》、《戴车匠》、《鸡鸭名家》、《异秉》入选。

12 月，作《〈蒲桥集〉再版后记》（《随笔》1991 年第 2期）、散文《城隍·土地·灶王爷》（《中国文化》1991 年第 1 期）。为青年作家阿成的小说集《年关六赋》作序。

本月，百花文艺出版社拟出版不定期散文辑刊《中外散文选萃》，汪曾祺应邀与卫建民就散文创作问题对谈，整理稿以《闲话散文》为题，载《中外散文选萃》第 1 辑。

本月，新修《高邮县志》由江苏人民出版社出版，汪曾祺为编纂顾问之一。汪曾祺、邵燕祥主编的关于当代作家美国印象的《美国的月亮》一书由中外文化出版公司出版,《林肯的鼻子》一篇入收。汪曾祺主编《知味集》由中外文化出版公司出版,《萝卜(外一题)》入收。①

本年,发表杂论《步障:实物和常理》(《中国文化》1990年第2期)。作《小说的思想和语言》(《写作》1991年第4期),作散文《贾似道之死——老学闲抄》(《收获》1991年第1期)。

本年,英文版短篇小说集《晚饭后的故事》由中国文学出版社出版,列为该社"熊猫丛书"之一,收有《鸡鸭名家》、《异秉》、《受戒》、《岁寒三友》、《大淖记事》、《鸡毛》、《皮凤三楦房子》、《陈小手》、《寂寞和温暖》、《晚饭后的故事》、《八千岁》、《三姊妹出嫁》、《詹大胖子》等十三篇小说,前有自序(《自报家门》)。

---

① 《知味集》是中外文化出版公司出版的一套五本书中的一本。其他四本是吴祖光编《解忧集》,袁鹰编《清风集》,姜德明《书香集》,以及端木蕻良、方成编《说画集》。汪曾祺于编《知味集》,先后作《〈知味集〉征稿小启》、《作家谈吃第一集》。另外,汪曾祺的《寻常茶话》收入同套书中的《清风集》,《读廉价书》收入《书香集》,均系为该套书特撰。

1991 年　七十一岁

1 月,作散文《美国女生——阿美利加明信片》(《经济日报》1991 年 1 月 13 日)、《我的祖父祖母——自传体系列散文〈逝水〉之三》(《作家》1992 年第 4 期)、《随遇而安》(《收获》1991 年第 2 期)。作《正索解人不得——黑孩散文集〈夕阳正在西逝〉序》(《桥》1991 年第 4 期)。

本月,参加中国图书评论学会、《中国图书评论》杂志和河北人民出版社举办的首届专家品书会并发言,《中国图书评论》1991 年第 2 期以《文化名人谈书评》为题依次刊出金开诚、丁守和、汪曾祺、谢冕、戴逸、徐宗逸、刘梦溪的发言。

2 月,作随笔《雁不栖树》(《文汇报》1991 年 3 月 6 日)、戏剧评论文章《正视危机才能走出危机》(《瞭望》1991 年第 7 期)。

本月 22 日,致信《京派小说选》(人民文学出版社 1990 年版)编者吴福辉,谈"京派小说",承认自己是京派。① 本

---

① 吴福辉:《汪曾祺坦然欣然自认属于京派》,《现代中文学刊》2011 年第 2 期。

月 26 日,致信范用,抄近作诗二首《辛未新正打油》、《七十一岁》①。

3月,作文艺随笔《美在众人反映中》(《天津文学》1991 年第 7 期)。发表《何时一尊酒,重与细论文》(《文学自由谈》1991 年第 3 期)。舒乙、王行之主编《受戒——中国佛教小说选》由台湾佛光出版社出版,《复仇》、《受戒》入收。

4月前,作小说《捡烂纸的老头》(台湾《新地文学》1991 年第 2 卷第 1 期)。

4月,发表散文《修髯飘飘》(《中国教育报》1991 年 4 月 7 日、14 日)。作小说《瞎鸟》(台湾《新地文学》1991 年第 2 卷第 1 期)。

本月,随"中国作协赴滇采风团"赴昆明,参加"红塔山笔会",冯牧为团长,汪曾祺为副团长。临行前一天写下关于云南的旧体诗三首,散文《觅我游踪五十年》自引其中两首("羁旅天南久未还"和"犹是云南朝暮云"),另

---

① 致范用的信见李建新编《汪曾祺书信集》(上海三联书店 2016 年版)第 206—207 页。

一首不详。笔会期间,参观玉溪卷烟厂并与文学爱好者座谈,作诗《戏赠李迪》、《戏赠高伟》、《调林栋》。

5月,作《一种小说——魏志远小说集〈我以为你不在乎〉序》(《上海文学》1991年第12期)、文艺笔谈《二十一世纪文学》(台湾《联合报》1991年5月15日)、小说《小芳》(《中国作家》1991年第5期,《新华文摘》1991年第12期转载)。作散文《觅我游踪五十年》(《女声》1991年第8期)、《烟赋》(《十月》1991年第4期,收入合集《十五日夜走滇境》,华龄出版社1996年7月)、《文化的异国》(台湾《中国时报》1992年1月12日,又刊于《作家》1992年第6期)。作《〈汪曾祺自选集〉重印后记》,收入《汪曾祺作品自选集》(漓江出版社1996年版)。

本月,赴广州参加台湾《联合报》举办的文学研讨会。下旬,菲律宾椰风文艺社和《福建文学》编辑部联合举办的全国散文征文评选活动揭晓,汪曾祺《多年父子成兄弟》获二等奖。

本月,杨义《中国现代小说史》第三卷由人民文学出版社出版,该卷第二章"出入战区的流亡作家"中,用一节篇幅(第六节"其他大后方作家")论述了陈瘦竹、刘盛亚和汪曾祺。杨义指出："汪曾祺代表京派在光复后的旧梦重续"，"他属于京派的后劲"。林建法、王景涛编《撕碎，撕碎，撕碎了是拼接——中国当代作家面面观》一书由时代文艺出版社出版，收汪曾祺在病中所撰写的序言《人之相知之难也——为〈撕碎，撕碎，撕碎了是拼接〉而写》，另收有汪曾祺的《自报家门》、《林斤澜的矮凳桥》和舒非的《汪曾祺侧写》。

6月，作散文《城南客话·纪姚安的议论》(《中国文化》1991年第2期)、《我的家乡——自传体系列散文〈逝水〉之一》(《作家》1991年第10期)。改写清代宣鼎著《夜雨秋灯录》中篇章，作同名小说《樟柳神》(《上海文学》1992年第1期)。

7月，据《聊斋志异·郭安》作改写小说《明白官》(《上海文学》1992年第1期)。据《聊斋志异·牛飞》作改写小说《牛飞》(《上海文学》1992年第1期)。

本月，与叶梦、佘树森、林斤澜、林希、林贤治、邵燕祥、杨羽仪、杨闻宇、苏叶、姜德明、张抗抗、蓝翎等共十八位作家参加泰山管委会与百花文艺出版社联合举办的"泰山散文笔会"，返京后作散文《泰山片石》(《绿叶》

1992年创刊号），包括《序》、《泰山很大》、《碧霞元君》、《泰山石刻》、《担山人》、《扇子崖下》、《中溪宾馆》、《泰山云雾》八题。①

本月，郑法清、谢大光主编《中外散文选萃》第3辑由百花文艺出版社出版，汪曾祺的《〈学人谈吃〉序》入收。

8月，作文学评论《野人的执着》（《小说林》1992年第5期）。

9月，作《〈旅食集〉自序》，《旅食集》为汪曾祺以旅行和饮食为主题的散文集，广东旅游出版社1992年4月出版。作散文《我的家——自传体系列散文〈逝水〉之二》（《作家》1991年第12期）。本月，彭华生、钱光培编《新时期作家创作艺术新探》出版，汪曾祺《小说技巧常谈》（1983年）一篇入收。

10月1日到7日，携夫人施松卿赴高邮、扬州、南京。访问母校高邮中学期间题诗《红亭紫竹觅遗踪》并新作诗《回乡书赠母校诸同学》。在高邮期间，作题为"文学的要

---

① 毕玉堂：《汪曾祺在泰山》，《行者歌于途》，北京：中国文联出版社2000年版。

素与结构"的报告,作诗《咏文两首》。①

本月,作小说《虎二题》(《小说林》1992年第1期,包括《老虎吃错人》、《人变老虎》,分别系据《聊斋》的《赵城虎》、《向杲》改写),作《开卷有益》(《中学生阅读》1992年第3期)。应《中学生阅读》之约作《关于〈虐猫〉》,刊于《中学生阅读》1992年第3期,当期杂志另刊出汪曾祺的小小说《虐猫》及王子营的评论《人间应多一些爱心》。

本月28日起,与林斤澜、刘心武、唐达成、邵燕祥、丛维熙、母国政、郑万隆等随"北京作家书法家采风团"游浙江永嘉,其间,题字画诗联若干。

11月,作散文《录音压鸟》(《解放日报》1991年11月5日)、回忆性散文《关于〈沙家浜〉》(《八小时以外》1992年第6期)。作完《初识楠溪江》,包括《九级瀑》、《永恒的船桅》、《传家耕读古村庄》、《清清楠溪水》四题,于1992年1月9日、1月23日、2月6日分三次刊于《中国旅游

---

① 见高邮市文联1996年编印的《甓社珠光——高邮市文联十年成果集》,又见《文教资料》1997年第4期。后者刊出时标明为1991年所作;《甓社珠光》收入该诗,则证其与高邮有关。因此系于是次回乡期间所作。

报》"笔苑"副刊。

本月,鲁迅文学院第七期进修班和地矿系统文学创作进修班同时开课,汪曾祺参加了开学典礼,后以"论创作"为题授课。①

本月,上海文艺出版社出版《九十年代散文选1990》,《人间草木》见收。

12月,作文艺评论《捡石子儿》(《中国文化》1992年第1期),包括《关于空灵和平实》、《关于民族传统和外来影响》、《关于笔记体小说》、《关于中国魔幻小说》、《关于本书体例》五题,系为《中国当代作家选集丛书·汪曾祺》(人民文学出版社1992年12月)而作的代序。作散文《遥寄爱荷华——怀念聂华苓和保罗·安格尔》(《中华儿女》1992年第2期)、《羊上树和老虎闻鼻烟儿》(《随笔》1992年第3期)。发表系列散文《一辈古人》(《北方文学》1991年第12期)包括《靳德斋》、《张仲陶》、《薛大娘》三题。

------

① 曾明了:《我的导师汪曾祺先生》。"汪曾祺之友"网2012年8月1日文章(http://blog.sina.com.cn/s/blog_5b1077250102e4am.html)。

本年,作诗《戏柬斤澜》。

1992 年　七十二岁

1 月,作诗《岁交春》。① 作散文《书画自娱》(《新民晚报》1992 年 2 月 1 日)、《岁交春》(《大众日报》1992 年 1 月 31 日)。发表散文《自得其乐》(《艺术世界》1992 年第 1 期)、《晚年——人寰速写之一》(《美文》1992 年创刊号),文艺随笔《作家应当是通人》(《新民晚报》1992 年 1 月 23 日)。作完散文《初访福建》(《中国旅游报》1990 年 4 月 21 日、4 月 28 日)。发表戏曲评论《京剧杞言——兼论荒诞喜剧〈歌代啸〉》(《中国京剧》1992 年第 1 期)。

年初,参加鲁迅文学院结业仪式,并作即席讲话,提出作家要做"通家"、做"杂家"。

2 月,作散文《西窗雨》(《外国文学评论》1992 年第 2 期)、《对口——旧病杂忆之一》(《济南日报》1992 年 4 月

---

① 范用:《曾祺诗笺》,《泥土　脚印》,南京:凤凰出版社 2003 年版。

11 日）①、《疟疾——旧病杂忆之二》（《济南日报》1992 年 5 月 9 日）、《牙疼——旧病杂忆之三》（《济南日报》1992 年 8 月 1 日）、《偶笑集》（《羊城晚报》1992 年 3 月 15 日，包括《烧糊了洗脸水》、《职业习惯》、《济公的幽默》、《世界通用汉语》四题）。发表散文《本命年和岁交春》（《新民晚报》1992 年 2 月 3 日）、《猴年说命》（《解放日报》1992 年 2 月 13 日）、《随笔写下的生活》（《文汇读书周报》1992 年 2 月 22 日）。发表组诗《回乡杂咏》（《雨花》1992 年第 2 期），共包括《水乡》、《镇国塔偈》、《宋城残迹》、《文游台》、《盂城驿》、《高邮王氏纪念馆》、《王家亭》、《佛寺》、《忆荷花亭吃茶》、《北海谣——题北海大酒店》、《虎头鲨歌》、《为高邮市政协礼堂写六尺宣纸大字》十二题。

3 月，作《日子就这么过来了——徐卓人小说集〈你先去彼岸〉代序》（《雨花》1992 年第 6 期）。作诗《题赠太原日报双塔副刊》。作《〈菰蒲深处〉自序》。《菰蒲深处》

---

① "旧病杂忆"系列在《济南日报》上刊出三篇，前两篇未缀写作日期，第三篇缀 2 月 22 日。因此前两篇当作于 2 月 22 日之前。

为汪曾祺小说集,浙江文艺出版社1993年出版。作文艺评论《读剧小札》(《新剧本》1992年第3期,包括《玉堂春》、《四进士》两题)。发表旧体诗《读史杂咏》五首(《文学自由谈》1992年第2期),分别咏五位京派文学名家史事:何其芳、废名、林徽因、沈从文、周作人。

本月,将小说《受戒》的电影及电视剧的改编权、拍摄权转让给北影录音录像公司。① 为鲁迅文学院创作研究班(第七期延长班)及第八期文学创作进修班授课,题为"论创作"。②

4月,作散文《四川杂忆》(《四川文学》1992年第8期,包括《四川是个好地方》、《成都》、《眉山》、《乐山》、《洪椿坪》、《北温泉》、《新都》、《大足》、《川菜》、《川剧》十题)、《故乡的野菜》(《钟山》1992年第3期)、《〈汪曾祺小品〉自序》。散文集《汪曾祺小品》、《旅食集》分别由中国人民大学出版社、广东旅游出版社出版。

4月、5月之交,作散文《蚕豆》,刊于《旅潮》(1992年

① 《中华人民共和国最高人民法院公报》1996年第1期。
② 据《鲁迅文学院与中国当代文学》,鲁迅文学院编,2009年6月。

7、8 月号）。①

5 月,作散文《食豆饮水斋闲笔》(《长城》1993 年第 2 期,包括《豌豆》、《黄豆》、《绿豆》、《扁豆》、《芸豆》、《红小豆》、《豇豆》七题)、《豆腐》(《小说林》1992 年第 5 期)、《我的父亲——自传体系列散文〈逝水〉之四》(《作家》1992 年第 8 期)、《傻子——人寰速写之二》(《美文》1992 年创刊 2 号)、《大妈们——人寰速写之三》(《美文》1992 年创刊 3 号)、《"样板戏"谈往》(《长城》1993 年第 1 期,包括《样板戏》、《三结合》、《"三突出"和"主题先行"》、《样板团》、《经验》五题)。

6 月,读《水浒》,作诗七首,分别吟咏潘金莲、王婆、燕青、林冲、扈三娘、李逵、鲁智深,发表于《文汇报》1992 年 7 月 6 日。② 作散文《城南客话·徐文长论书画》(《中国文化》1992 年第 2 期),包括《文长书画的来源》、《论书与画的关系》、《论庄逸工草》、《论"侵让"·李北海和赵子昂》、《论变》五题。

① 刊出稿未缀作日。末段作"北京就快有青蚕豆卖了,谷雨已经过了"。查 1992 年谷雨在 4 月 20 号,立夏在 5 月 5 号,本篇当于此间完成。
② 范用:《曾祺诗笺》,《泥土 脚印》,南京:凤凰出版社 2003 年版。

7月,作散文《新校舍》(《芒种》1992年第10期)、《我的母亲——自传体系列散文〈逝水〉之五》(《作家》1993年第2期)、《大莲姐姐——自传体系列散文〈逝水〉之六》(《作家》1993年第4期)。作《相看两不厌——先燕云散文集序》(后收入《那方山水》,先燕云著,云南人民出版社1994年版),又作小说《护秋》(《收获》1993年第1期)、《尴尬》(《收获》1993年第1期)。

8月,作散文《我的小学——自传体系列散文〈逝水〉之七》(《作家》1993年第6期)、《我的初中——自传体系列散文〈逝水〉之八》(《作家》1993年第8期)。

9月,作文艺杂论《谈题画》(《今晚报》1992年10月6日)。作散文《干丝》(《家庭》1993年第3期)、《肉食者不鄙》(《家庭》1993年第3期,包括《狮子头》、《镇江肴蹄》、《乳腐肉》、《腌笃鲜》、《东坡肉》、《霉干菜烧肉》、《黄鱼鲞烧肉》、《火腿》、《腊肉》、《夹沙肉·芋泥肉》、《白肉火锅》、《烤乳猪》十二题)、《鱼我所欲也》(《家庭》1993年第1期,包括《石斑》、《鳜鱼》、《鲥鱼·刀鱼·鮰鱼》、《黄河鲤鱼》、《虎头鲨和昂嗤鱼》、《鳝鱼》六题)。发表散文《怀念德熙》(《方言》1992年第4期)、《未尽才——故人偶记》（《三月风》1992年第9期，包括《陶光》、《陆》、《朱南铣》三题）。

本月，参加北京大学举行的朱德熙教授追思会并作发言，发言内容即9月7日所作《怀念德熙》一文。与王蒙、邵燕祥、林斤澜、张抗抗、思宇、王英琦、苏叶、叶梦、柳萌、郭枫等一同参加河北承德文联与百花文艺出版社在承德联合举办的"散文创新研讨会"。

本月，张曰凯主编《新笔记小说选》由作家出版社出版，汪曾祺的《故里三陈》（三题）、《桥边小说三篇》、《故人往事》（二题）①、《笔记小说两篇》、《闹市闲民》入收，书前有汪曾祺序。

10月，作文艺评论《又读〈边城〉》（《读书》1993年第1期）、散文《后台》（《江南》1993年第2期，包括《道具树》、《凝视》、《大姐》、《酆》、《黑姐》五题）。为沈阳出版社拟出的《当代散文大系》作总序，刊于《当代作家评论》1993年第1期，又作《〈汪曾祺散文随笔选集〉自序》，该选集系

---

① 《故人往事》原有四题（见本谱1985年"7月上旬"纪事），《新笔记小说选》收录了其中两题：《戴车匠》和《收字纸的老人》。

《当代散文大系》之一种,1993 年出版。发表散文《对读者的感谢》(《文汇报》1992 年 10 月 25 日)。散文集《汪曾祺小品》由中国人民大学出版社出版,列入"名家小品自选系列"。① 人民文学出版社编辑部编选的《1991 年短篇小说选》由该社出版,《小芳》入收。接受吉林大学研究生巨文教访谈,访谈实录《张兆和、汪曾祺谈沈从文——访张兆和、汪曾祺两位先生谈话笔录》刊于《中国现代文学研究丛刊》1994 年第 5 期。

本月,在杭州参加浙江省作家协会举行的"吴越风情小说研讨会"。其间,孙君来访,与谈自己的创作、沈从文、周氏兄弟、《沙家浜》。返杭后作诗《绍兴沈园》。②

11 月,作小说《鲍团长》(《小说家》1993 年第 2 期)。

本月,在北京大学作题为"散谈人生"的文学讲座,这是"北京大学校友作家讲习班"系列之一。③ 上海文艺出版社编选的《九十年代散文选 1991》由该社出版,《多年

---

① 该系列其他几本的作者是金克木、季羡林、张中行。
② 孙君:《夜访汪曾祺》,《人民日报》(海外版)1992 年 12 月 3 日;又及,孙君先生接受笔者访问时提供情况。
③ 杨崇学(杨之):《汪曾祺散谈文学》,《语文报》1993 年 8 月 27 日。

父子成兄弟》入选。

12 月，作《一个过时的小说家的笔记——曾明了小说集〈风暴眼〉代序》（《绿洲》1993 年第 2 期）、文艺杂论《语文短简》（《语文报》1993 年第 3 月 23 日，包括《普通而又独特的语言》、《读诗不可抬杠》、《想象》三题）、散文《岁朝清供》（《羊城晚报》1993 年 1 月 25 日）。《中国当代作家选集丛书·汪曾祺》由人民文学出版社出版。发表散文《关于王蒙》（《新民晚报》1992 年 12 月 16 日）。

本月，参加《四海——台港澳华文文学》杂志社主办的"郭良蕙作品研讨会"。①

本年，作散文《悔不当初》（《时代青年》1993 年第 4 期）。② 将 1985 年所作小说《讲用》改编为同名喜剧小品。

1993 年　七十三岁

1 月，作散文《谈幽默》（《大众生活》1993 年第 1 期）、

---

① 郭良蕙（1926—2013），河南开封人，台湾女作家。
② 刊出稿不缀作日。据文中"我已经七十二岁"判断，该文作于本年。

《昆明的吃食》(《随笔》1993年第3期,包括《几家老饭馆》、《过桥米线·汽锅鸡》、《米线饵块》、《点心和小吃》四题)、《花》(《收获》1993年第4期,包括《荷花》、《报春花·勿忘我》、《绣球》、《杜鹃花》、《木香花》五题)。作成《续修族谱序》,致信金家渝,寄上序文。序经过汪莲生修改后,收入《汪氏族谱》。①

2月,作散文《昆虫备忘录》(《大家》1994年第1期,包括《复眼》、《蚂蚱》、《花大姐》、《独角牛》、《磕头虫》、《蝇虎》、《狗蝇》七题)②、《祈难老》(《火花》1993年第4期)、《故乡的元宵》(《武汉晚报》1993年3月18日)、《学话常谈》(包括《惊人与平淡》、《方言》、《幽默》三题,汪曾祺生前似未曾发表,也未收入作品集)。发表散文《昆明年俗》(《文汇报》1993年2月7日,包括《铺松毛》、《贴唐诗》、《劈甘蔗》、《掷升官图》、《嚼葛根》五题)、《地质系同学》

---

① 序不缀作日。致金家渝信落款为1月10日,不缀年。查高邮汪曾祺故居所藏《汪氏族谱》,系1993年编就印行,内收汪克孝序文、杜庚题签落款等均作于1993年3月前后,则汪曾祺致金家渝信并寄去序文,或当在1993年,因暂系于此时。
② 汪曾祺1943年《烧花集》题记中说:"去年雨季写了一点,集为《昆虫书简》"。与本篇相对照,可见汪曾祺对于昆虫的一贯兴趣。

（《新生界》1993 年第 2 期）。

本月 20 日到 26 日，参加首届"蓝星笔会"。

本月，韩小蕙主编《新时期散文名家自选》由陕西人民出版社出版，《泰山片石（节选）》入收。

3 月，作文学评论《推荐〈孕妇和牛〉》（《文学自由谈》1993 年第 2 期）、《推荐〈秋天的钟〉》（《文学自由谈》1993 年第 3 期）、《红豆相思——读陈寅恪〈柳如是别传·缘起〉》（《光明日报》1993 年 4 月 9 日）、《阿索林是古怪的——读阿索林〈塞万提斯的未婚妻〉》（《光明日报》1993 年 4 月 30 日）。作散文《白马庙》（《大家》1994 年第 1 期）、《老董》（《追求》1993 年第 10 期）。作《〈榆树村杂记〉自序》。作《〈独坐小品〉自序》，后以《心远地自偏——〈独坐小品〉自序》为题刊于《黄河文学》1997 年第 1 期。白烨、雷达编选《净土——20 世纪末文学作品精选短篇小说卷》由时代文艺出版社出版，《小芳》入选。

本月 15 日，作散文《胡同文化——摄影艺术集〈胡同之没〉序》（现存手稿标题如此）。当日附信寄给沈继光，告以该序言将先在中国大陆的期刊发表一下，并将收入小品集。本文初次发表地不详，《中国文学》中文版创刊号

（1993 年 10 月出版）、《新华文摘》1993 年第 11 期都予以转载，但所标注初刊信息经查证均误。初收入《草花集》，标题仍为《胡同文化》。

4 月，作散文《文游台》（《散文天地》1993 年第 5 期）[1]、《露筋晓月——故乡杂忆》（《鸭绿江》1993 年第 9 期）。作文学随笔《要面子——读威廉·贝克特〈射手〉》（《大连日报》1993 年 4 月 30 日）。发表文艺论文《精辟的常谈——读朱自清〈论雅俗共赏〉》（《光明日报》1993 年 4 月 16 日）。此前不久曾参加《光明日报》书评版编辑李春林组织的关于书评的小型座谈会并作会上发言。[2]

5 月，作散文《一个暑假》，生前未发表，后刊于《收获》1998 年第 1 期。作杂论《文人论乐——读萧伯纳〈贝多芬百年祭〉》（《光明日报》1993 年 5 月 7 日）。陆建华主编《汪曾祺文集》在紧锣密鼓进行中，汪曾祺本人也非常重视，与陆建华通信频仍，本月为文集作自序，刊于《光明

---

[1] 北京师范大学出版社 1998 年版《汪曾祺全集》缀"一九九三年四月十九日"。

[2] 李春林：《"英年早逝"的汪曾祺先生》，段春娟、张秋红编：《你好，汪曾祺》，济南：山东画报出版社 2007 年版。

日报》1993 年 5 月 26 日。本月又作小说《黄开榜的一家》（《精品》1993 年创刊号）。发表散文《手把肉》（《新苑》1993 年第 2、3 期）。

本月，参加在鲁迅文学院进修的青年作家曾明了（曾英）的作品研讨会并发言。① 沈阳出版社"当代散文大系"开始出版，汪曾祺为编委之一，每种书前都收有汪曾祺所作《当代散文大系总序》。

6 月，作散文《看画》，似未单独发表，收入《草花集》、《塔上随笔》。作创作谈《却顾所来径，苍苍横翠微——小说回顾》（《小说家》1993 年第 6 期，《小说月报》1994 年第 3 期转载）。作《〈草花集〉自序》，散文集《草花集》由成都出版社于 1993 年 9 月出版。《汪曾祺散文随笔选集》由沈阳出版社出版。赵园主编《沈从文名作欣赏》一书由中国和平出版社出版，汪曾祺《又读〈边城〉》入收。

7 月，作小说《小姨娘》、《忧郁症》、《仁慧》（《小说家》

---

① 飞舟：《写出真正属于自己的东西——记曾明了（曾英）作品研讨会》，《当代》1993 年第 4 期。

1993 年第 6 期），作小说《露水》（《十月》1993 年第 6 期）。作散文《裴盛戎二三事》[①]，似未发表过。发表散文《贴秋膘》（《中国美食家》1993 年 7 月）、《名实篇》（《中国名牌》1993 年第 4 期）。

8 月，作散文《文章余事》（《今日生活》1993 年第 6 期）、《栗子》（《家庭》1993 年第 8 期）。作小说《生前友好》（《大公报》1994 年 1 月 20 日）、《红旗牌轿车》（《北京文学》1998 年第 1 期）、《子孙万代》（《大公报》1993 年 12 月 1 日）。发表《生命的极致：读曾明了的小说〈风暴眼〉》（《当代》1993 年第 4 期）。旧作散文《咸菜和文化》（1986 年）重刊于台湾《联合文学》1993 年第 8 期。

本月，赴娄底讲学，讲座题为"思想·语言·结构"，讲稿先后刊于娄底文联内刊《大地》以及人民日报社主办的《大地》1993 年第 3、4 期合刊。因《故乡的野菜》在《钟山》文学大奖赛中获奖，参加在北京举行的"《钟山》杂志

---

① 这篇《裴盛戎二三事》虽与 1980 年 7 月发表的《裴盛戎二三事》同题，但行文大有不同，是两篇不同的文章。

社文学大奖赛颁奖暨首届董事会成立大会"。

9月，作散文《自序·我的世界》（先以《我的世界》为题发表于《文汇报》1993年12月12日，后作为《逝水》一书自序收入该书）、《沙弥思老虎》（收入《塔上随笔》，后刊于《长春日报》1996年9月23日）。作文艺杂论《创作的随意性》、《读诗抬杠》、《诗与数字》，皆未单独发表，收入《塔上随笔》一书。旧作散文《苦瓜是瓜吗》（1986年）重刊于台湾《联合文学》1993年第9期。散文集《榆树村杂记》由中国华侨出版社出版。散文集《草花集》由成都出版社出版，列入该社"听雨楼文丛·中国当代名家散文随笔精品"系列。

本月，接受《语文世界》编辑谢怡等访问，访问记《语文·修养·责任——著名作家汪曾祺先生访谈录》刊于《语文世界》1994年第1期。《汪曾祺文集》（四卷五册）由江苏文艺出版社出版，陆建华主编，首印3 000套，销售意外火爆。后获得江苏省人民政府颁发的第三届文学艺术奖。

10月，作《〈塔上随笔〉序》。本月4日，为朱小平报告文学《画侠杜月涛》作《序诗》（收入《画侠杜月涛》，新华

出版社 1993 年 11 月版,后刊《北京晚报》1994 年 1 月 26
日)。① 作散文《金陵王气》(《银潮》1993 年第 9 期)。作
《美——生命——〈沈从文谈人生〉代序》(《中华散文》
1994 年第 1 期)。作小说《卖眼镜的宝应人》(《中国作家》
1994 年第 2 期)。旧作散文《五味》(1990 年)重刊于台湾
《联合文学》1993 年第 10 期。

本月,江苏电视台到北京拍摄反映汪曾祺文学生涯
的专题节目《梦故乡》。该片以汪曾祺高邮背景主题作品
为线索,展示了汪曾祺与高邮文化的密切联系,从一个侧
面反映了汪曾祺的成就与影响。本月,为鲁迅文学院
1993 年度文学创作培训班(第九期进修班)授课,题为
"谈创作"。② 百花文艺出版社出版《泰山心影——当代
作家写泰山》一书,汪曾祺的《泰山片石》入收。

11 月,作散文《老年的爱憎》(《钟山》1994 年第 1
期)、《继母》(生前未发表,后刊《大家》1998 年第 2 期)。

---

① 《北京晚报》刊本落款缀"1993 年 11 月 4 日","11 月"或为"10 月"之
  误植。另外,《北京晚报》刊本诗后注释比入收《画侠杜月涛》的版本
  多出三条。
② 据《鲁迅文学院与中国当代文学》,鲁迅文学院编,2009 年 6 月。

发表散文《小乐胃》(《上海文化》创刊号)。随笔集《塔上随笔》由群众出版社出版。

本月,《沈从文全集》编辑委员会成立,汪曾祺为顾问。参加在北京人民大会堂举行的《沈从文全集》出版签约仪式,并作简短讲话。参加花城出版社《随笔》出刊百期作者座谈会。

12月中下旬,应广东白马广告公司坚请,为西山八大处山庄广告画册作散文体裁的文案《西山客话》。①

本月,旧作散文《萝卜》(1990年)重刊于台湾《联合文学》1993年第12期。散文集《中国当代名人随笔·汪曾祺卷》由陕西人民出版社出版。

本月,因《小芳》获得1991—1992年度《中国作家》"江轧杯"优秀短篇小说奖,参加在北京举办的颁奖会。李双、张忆主编《中国新时期文学精品大系》由中国文学出版社出版,汪曾祺的《尾巴》、《陈小手》两篇入收其中的微型小说卷《醉人的春夜》;《大淖记事》入收其中的短篇

---

① 原文不缀作日。汪曾祺在1993年12月26日致信琛子,谈及写完此文即将赴台湾一事(汪曾祺赴台在1994年1月4日)。据此判断,该文约作于此时。

174

小说卷《伤痕》。

本年,作文艺随笔《散文应是精品》,未发表过。作散文《耿庙神灯》(《散文天地》1994 年第 3 期)、《露筋晓月》(《散文天地》1994 年第 3 期)。①

1994 年　七十四岁

1月6日至13日,与刘心武、李锐、柯灵夫妇一起赴台北参加《中国时报》"人间"副刊举办的"1940—1990两岸三边华文小说研讨会"。其中,8日举行的一场讨论会以汪曾祺为研讨对象,评论家吕正惠作题为"人情与境界的追求者"的主题发言。在台期间,会晤、参访、演讲多次。其间还作短文《在台北闻急救车鸣笛声有感》,刊于本月 12 日《中国时报》"人间"副刊。1 月 14

---

① 《耿庙神灯》和《露筋晓月》均收入 1994 年出版的散文集《塔上随笔》。该书的序文作于 1993 年 10 月 4 日,则知全书 1993 年就已编就,本篇当作于此前。故本谱将之置于此处。又,此处的散文《耿庙神灯》与 1988 年 10 月所作的同题笔记体小说《耿庙神灯》是两篇不同的文章。

日,该刊发表蔡珠儿对汪曾祺的专访文章《小说像童年的往事》。

本月,旧作散文《寻常茶话》(1989 年)重刊于台湾《联合文学》1994 年第 1 期。四卷本《汪曾祺文集》本月第二次印刷,印数 5 000 套。云南人民出版社大型文学双月刊《大家》创刊号出版,汪曾祺受邀担任该刊"散文"栏目主持。汪曾祺的《白马庙》和《昆虫备忘录》在该期散文栏刊出。

2 月,为吉林作家文牧的《文牧散文选》作序《再淡一些》(《文艺报》1996 年 6 月 7 日)。作散文《七载云烟》(《中国作家》1994 年第 4 期),包括《天地一瞬》、《骑了毛驴考大学》、《斯是陋室》、《不衫不履》、《采薇》、《一束光阴付苦茶》、《水流云在》七题。作小说《辜家豆腐店的女儿》(《收获》1994 年第 3 期)。旧作散文《马铃薯》(1987 年)重刊于台湾《联合文学》1994 年第 2 期。

3 月,作文学评论《小滂河的水是会再清的》(《文艺界通讯》1994 年第 4 期,又刊于《光明日报》1995 年 8 月 3 日)。作《道士二题》(《长城》1994 年第 5 期,包括《马道士》、《五坛》)。发表小说《要账》(《平顶山日报》1994 年 3

月 2 日)。旧作散文《鳜鱼》(1987 年)重刊于台湾《联合文学》1994 年第 3 期。

4 月,作散文《长城漫忆》(《长城》1995 年第 1 期)。旧作散文《口蘑》(1986 年)重刊于台湾《联合文学》1994 年第 4 期。

5 月,作散文《写景》(《新民晚报》1994 年 8 月 15 日)。

约本月,中央电视台"东方之子"栏目拍摄汪曾祺专题。①

6 月 10 日至 13 日,赴南京参加《钟山》杂志与德国歌德学院联合举办的"1994 中国城市文学学术研讨会"。参会者还有王安忆、孙甘露、池莉、朱苏进、赵本夫、苏童、叶兆言、陈思和、王晓明、陈晓明、陈辽、黄毓璜、丁帆、王干、吴炫、徐兆淮等三十多人。汪曾祺就"城市文学"、"新状态文学"等概念和现象发表了自己的见解,并与王干等展开讨论。②

① 赵李红:《未公开的采访手记》,北京:团结出版社 2010 年版,第 109 页。
② 金用:《激战秦淮状元楼——'94 中国城市文学国际学术研讨会札记》,《钟山》1994 年第 5 期。

本月，参观"沈从文文物研究展览"，参加与法国作家座谈会。接受郭晓春专访，访问记《汪曾祺的"彩儿"》刊于1994年6月30日《文学报》。林建法选编《再度漂流　寻找家园　融入野地——中国当代作家面面观》由时代文艺出版社出版。其中"自报家门"卷收了汪曾祺的《却顾所来径，苍苍横翠微》；"作家眼中的作家"卷收了林斤澜的《注一个"淡"字——读曾祺〈七十书怀〉》（汪曾祺印象）。

7月，酷暑中为《中学生文学精读·沈从文》撰稿，包括《前言》、《〈边城〉题解》、《〈边城〉赏析》、《〈牛〉题解》、《〈牛〉赏析》、《〈丈夫〉题解》、《〈丈夫〉赏析》、《〈贵生〉题解》、《〈贵生〉赏析》九篇。

8月，作散文《大地》（《大地》1994年第9期），包括《祈祷》、《鼋子》、《雪湖》三题。作文学评论《濠河逝水》，后收为《崇川纪事——黄步千作品自选集》（江苏文艺出版社1995年版）代序。发表文论《〈职业〉自赏》（《文友》1994年第8期）。

本月，参加"中华诗城规划设计研讨会"，共同出席者有张弦、吴祖光、中杰英、李准、刘征、王为政等。[①]

9月,发表《短篇近作三题》(《钟山》1994年第5期),包括《无缘无故的恨》、《鞋底》、《打叉》。前两题又以《非往事》为题,刊于《北京文学》1998年第1期。

本月,《异秉——汪曾祺人生小说选》由甘肃文化出版社出版。白烨、雷达编选《女人之约——20世纪末文学作品精选短篇小说卷》由时代文艺出版社出版,《露水》入选。舒楠、兴安《92中国小说精萃》由农村读物出版社出版,《新笔记小说二篇》(《明白官》、《牛飞》)入收。

国庆前夕,为京郊百望山"绿色文化碑林"题诗("我昔到北京")并手书,后摹勒上石,立于碑林。

10月,闭户将孙犁小说改编为电影剧本《炮火中的荷花》(《电影创作》1995年第4期)。[②] 发表文艺随笔《使这个世界更诗化》(《读书》1994年第10期)。

11月,为徐城北著《中国京剧》作序。本月25日,中

---

① 据是次活动签名簿,孔夫子旧书网勤斋画廊2008年5月30日(见 http://www.kongfz.cn/2014911/)。

② 施晓宇:《"布衣作家"汪曾祺》,《山东文学》2003年第9期。

国作协、中华文学基金会主办的"中国作家十人书画展"在中国美术馆西南厅开幕，展出竣青、汪曾祺、秦兆阳、管桦、张长弓、梁斌、阮章竞、鲁光、冯其庸、李准的书画作品。

本月，北京电影学院 1989 级学生邱怀阳改编拍摄的电影《受戒》参加法国朗格鲁瓦国际学生电影节，同时入围法国克雷芒电影节。[①]

12 月，发表散文《夏天（外一篇）》（《大家》1994 年第 6 期）。"外一篇"是《一技》，包括《珠花》、《发蓝点翠》、《葡萄常》三题。发表小说《祁茂顺》（《钱江晚报》1994 年 12 月 29 日）。

本月，接受舅表弟杨汝纶之子、佛山大学现代文学学者杨鼎川专访（访问记后刊于《中国现代文学研究丛刊》2003 年第 2 期），作诗《赠杨汝纶》、《赠杨鼎川》。上海文艺出版社编选的《九十年代散文选 1993》本月出版，汪曾祺的《胡同》（即作于 1993 年 3 月的《胡同文化》）入选。本月，《汪曾祺文集》小说卷、散文卷再印 3 000 余套。

---

① 施晓宇：《"布衣作家"汪曾祺》，《山东文学》2003 年第 9 期。

本年,作诗《高邮王氏纪念馆》。① 约本年,在中国人民大学作讲座"文学漫谈"。

1995 年　七十五岁

1月,因疝气问题住院。北影导演王好为探视并谈《炮火中的荷花》的修改。在中宣部文艺局、广电部电影局推动下,河北电影制片厂、中影公司影视制片部计划合作拍摄该片,后因经济原因搁浅。②

本月,作小说《鹿井丹泉》(《上海文学》1995 年第 7 期)、散文《草巷口》(《雨花》1995 年第 1 期)。

本月,张晓春、龚建星所编的多人书话散文集《读书有味》由上海社会科学院出版社出版,汪曾祺的《读廉价书》入收。

2月,作散文《小议新程派》(香港《大成杂志》第 255 期)。

---

① 墨迹图片见金实秋《汪曾祺诗联品读》(大众文艺出版社 2009 年版)第 146 页。

② 王好为:《写在荷花开放之前》,《电影创作》1995 年第 4 期。

3月,作小说《喜神》(《收获》1995年第4期)、《丑脸》(《收获》1995年第4期)。发表电影文学剧本《炮火中的荷花》(《电影创作》1995年第4期)。接受《中国青年报》记者李春宇访谈,访谈录《"写作时,我才活着……"——访作家汪曾祺》在该报1995年3月20日"人物访谈"栏发表。

4月,作小说《水蛇腰》(《中国作家》1995年第4期)。

6月1日,儿童节,赠儿童文学作家高洪波诗一首("洪波何澹澹")。① 本月,为长江文艺出版社拟出的汪曾祺作品集《矮纸集》作题记。发表小说《熟藕》(《长江文艺》1995年第6期)。

夏,散文《故乡的野菜》获得中共江苏省委宣传部举办的江苏省第二届报刊优秀文学作品"蝶美奖"散文一等奖。

7月,发表小说《兽医》(《十月》1995年第4期)。丁聪画《我画你写——文化人肖像集》由宗文编竣,汪曾祺的肖像收录在内,并附汪曾祺的自作像赞("我年七十四")和

---

① 高洪波:《星斗其文,赤子其人》,《南方周末》1997年6月6日。

范用的一段印象记。该书1996年由外文出版社出版。

8月,发表小说《公冶长》(《平顶山日报》(1995年8月7日)。

9月,作《难得最是得从容——〈裴盛戎影集〉前言》(《新剧本》1995年第6期)。[1] 作小说《莱生小爷》(《山花》1996年第1期)。发表小说《窥浴》(《作品》1995年第9期),旋为《中国文学》(中文版)转载。

10月,作小说《薛大娘》(《山花》1996年第1期)、散文《造屋为人》(《中华锦绣》1995年11、12月合刊号)。散文集《中国当代名人随笔·汪曾祺卷》(陕西人民出版社1993年版)易名为《老学闲抄》重印发行。

月底,应邀携施松卿参加"作家书法家瓯海采风团",赴浙江瓯海采风,同行者有林斤澜夫妇、邵燕祥、唐达成、姜德明、蓝翎、赵大年、母国政、陈世崇、陶大钊、傅用霖及谢冰岩等作家和书法家。游览三垟湿地、雁荡山、泽雅风景区,题字题诗若干。[2]

---

[1] 《裴盛戎影集》似未出版。

[2] 汪曾祺:《温州杂记》,《温州晚报》1998年8月16日"池上楼"。

11月上旬,从温州赴洞头县参观。① 洞头县文化局、洞头县文联1997年11月印行《百岛彩贝:名家笔下的洞头》一书,收入汪曾祺《百岛之县——洞头拾贝》(与施松卿合署)。

本月,作小说《名士和狐仙》(《大家》1996年第2期,又刊于《中国城乡金融报》1996年9月6日)。约本月,作四言铭文《瓯海修堤记》(《温州晚报》1997年1月1日"池上楼");作散文《温州杂记》,包括《深箩漈》、《月亮》两题,后刊于《温州晚报》1998年8月16日"池上楼"第80期"纪念汪曾祺"专题。

约本月,夫人施松卿突发脑梗,入院治疗。春节前出院。

12月,作小说《钓鱼巷》(《大家》1996年第2期)。本月,作为评委之一在北京天桥宾馆为首届《大家》文学奖评审投票。本次获奖作品为莫言的《丰乳肥臀》。

本月,季涤尘、丛培香主编《1991—1993散文选》由人民文学出版社出版,汪曾祺的《多年父子成兄弟》入收。

---

① 赵大年:《汪曾祺的魅力》,《北京青年报》2007年5月26日;洞头县文化局、洞头县文联编:《百岛彩贝》,1997年。

袁鹰主编《华夏二十世纪散文精编》由华夏出版社出版，汪曾祺的《湘行二记》、《故乡的食物》、《林肯的鼻子》入选其中的《山川风物卷》，《吴大和尚和七拳半》、《七十抒怀》入收其中的《随笔小品卷》。

本年，作《贵在坚持——序〈雨雾山乡〉》。《雨雾山乡》是云南青年作家彭鸽子散文集，云南民族出版社1995年12月出版。汪曾祺逝世后，该序文重刊于《文汇报》1997年6月23日。本年为母校高邮中学建校九十周年，应请作《高邮中学校歌》。歌载《百年邮中——江苏省高邮中学百年华诞》(2005年版，内部发行)。

1996年　七十六岁

1月，作小说《关老爷》(小说界》1996年第3期)。为符中士《吃的自由》作序。作散文《题画二则》(《随笔》1996年第3期)。丁帆编汪曾祺饮食文化散文集《五味集》由台湾幼狮文化事业公司出版。

2月，作散文《晚翠园曲会》(《当代人》1996年第5期)。发表短文《人间送小温》(《羊城晚报》1996年2月

24 日）。

3 月，作散文《〈废名小说选集〉代序》(《中国文化》1996 年第 1 期，发表时改名为《万寿宫丁丁响》，后又刊于《芙蓉》1997 年第 2 期)、《果蔬秋浓》(《小说》1996 年第 4 期，包括《水果店》、《果蔬秋浓》、《逐臭》三题)、《果园的收获》(生前未发表)。发表小说《短篇二题》(《大家》1996 年第 2 期)，包括《名士和狐仙》、《钓鱼巷》。

本月，散文集《逝水》由中国青年出版社出版；小说集《矮纸集》由长江文艺出版社出版，为该社"跨世纪文丛"之一，后附李国涛跋《读〈矮纸集〉兼及汪曾祺小说文体描述》。

4 月，发表小说《死了》(《天涯》1996 年第 4 期)、《唐门三杰》(《天涯》1996 年第 4 期)。

本月，为自己主编、中国对外翻译出版公司拟出的地域文化散文集丛书"国风文丛"作总序。汪曾祺多篇作品入收该套丛书：《玉渊潭的传说》收入《卢沟晓月》卷；《泰山片石》入收《黄河落日圆》卷；《故乡的元宵》、《故乡的食物》、《文游台》入收《杂花生树》卷；《初访福建》入收《弄狮》卷。

本月,高邮市文联编印《甓社珠光——高邮市文联十年成果集》一书,汪曾祺关于高邮的一组诗冠以《我的家乡在高邮——故乡诗吟》的总标题入收,包括《我的家乡在高邮》等二十九首。老品、王平编《二十世纪中国学术散文精品·奠基者卷》由中央编译出版社出版,《中国戏曲和小说的血缘关系》入收。

约3、4月间,施松卿再次发病,从此卧床,不能自理。

约6月,作散文《彩云聚散》(《中国珠宝首饰》1996年第3期),包括《蕉叶白》、《田黄》、《珍珠》三题。

上半年,作散文《古都残梦——胡同》,收入程小玲主编《胡同九十九》一书,北京出版社1996年10月版。①

7月,作文艺杂论《简论毛泽东的书法》(《中国艺术报》1995年7月19日)、小说《百蝶图》(《中国作家》1996年第6期)。发表小说《小孃孃》、《合锦》(《收获》1996年第4期)。

本月,应请与谢冕、李子云、李岫、王炳根一起组成世

---

① 原稿不缀作日,2013年3月11日笔者访问摄影家徐勇,确定写作时间为1996年上半年。

界福州十邑同乡会设立的"冰心文学奖"评委会。①

8月,作小说《不朽》(《中国城乡金融报》1996年8月9日)、《当代野人系列三篇》(《小说》1997年第1期,包括《三列马》、《大尾巴猫》、《去年属马》)、散文《师恩母爱——怀念王文英老师》(《江苏教育报》1996年9月9日)。发表小说《可有可无的人——当代野人》(《当代》1996年第6期)。散文《哀哀父母,生我劬劳》作为代序收入中国工人出版社"走近名人文丛"(1996年8月版)。

9月,作小说《吃饭——当代野人》(《当代》1996年第6期)、散文《北京的秋花》(《北京晚报》1996年10月28日,包括《桂花》、《菊花》、《秋葵·鸡冠·凤仙·秋海棠》、《黄栌·爬山虎》四题)。发表散文《书到用时》(《书友周报》1996年9月10日)。

10月,发表小说《礼俗大全》(《大家》1996年第5期)。作散文《草木春秋》(《收获》1997年第1期),包括《木芙蓉》、《南瓜子豆腐和皂角仁甜菜》、《车前子》、《紫穗

----

① 综合《台港与海外华文文学评论和研究》1995年第3期、《福建文学》1997年第3期有关报道和作品。

188

槐》、《阿格头子灰背青》、《花和金鱼》六题。《阿格头子灰背青》一篇后为《新华文摘》1997年第8期转载。

本月,北京京剧院青年团演出现代京剧《沙家浜》。系该剧"二十年来首次复排首演"。

11月,作散文《关于于会泳》(生前未发表)、《哲人其萎——悼端木蕻良同志》(《北京文学》1997年第3期)、《平心静气——〈布衣文丛〉序》("布衣文丛"系邓九平主编的多人散文选汇,全套六本,民主与建设出版社1997年出版)。作诗《偶感》(《时代文学》1997年第1期),中有"国事竟蜩螗,民声如沸煮"、"创作要自由,政治要民主"等句。散文集《独坐小品》由宁夏人民出版社1993年出版。①

12月,作艺术评论《好人·平安——马得及其戏曲人物画》(《徐州日报》1996年12月11日)。发表文艺随笔《辞达而已矣》、《对仗·平仄》(《书友周报》1996年12

---

① 《独坐小品》的自序作于1993年3月26日。此前数日(1993年2月6日)所作《祈难老》一文曾有言:"我将为深圳海天出版社编一本新的散文集,取名就叫《独坐小品》。"这说明这个集子原是应海天出版社之约而编选。

月 31 日)。《汪曾祺散文选集》由百花文艺出版社出版。

本月 16 日,中国作家协会第五次全国代表大会开幕,汪曾祺参加。其间会见多位老友、接受访谈多次。当选为新一届作协三十七名顾问之一。会上,代表们收到一份《文汇报》,刊文转载张颐武对韩少功的指控,称其长篇小说《马桥词典》抄袭帕维奇《哈扎尔词典》。汪曾祺对这一指控大感不平。

本月,参加人民文学出版社和江苏省作家协会举办的周梅森长篇小说《人间正道》研讨会并发言。以评委身份参加云南人民出版社《大家》杂志在北京举行的首届"大家·红河文学奖"颁奖大会。① 应《南方周末》之请,确定与丁聪合作在该报开设"四时佳兴"栏目,发表配画短文。②

因此前《汪曾祺文集》所收《沙家浜》剧本及北京京剧院复排该剧时,署名中均未提及"据文牧沪剧改编"这一信息,文牧的遗孀提起侵权诉讼。本月,汪曾祺和杨毓珉

---

① 据《文艺报》1995 年 12 月 22 日报道。
② 苏北:《一汪情深——回忆汪曾祺先生》,上海:上海远东出版社 2009 年版,第 79 页、第 142 页。

接受《中国京剧》记者田京辉采访。田的报道称"侵权的说法是不符合事实的"。①

1997 年　七十七岁

1月5日,与史铁生、何志云、蒋子龙、方方、李锐、蒋韵、何立伟、迟子建、余华、乌热尔图共十一位作家联名发表公开信,吁请中国作家协会介入仲裁韩少功《马桥词典》被指控抄袭一案。该案最终以法庭判决方式终结,韩少功胜诉。6 日至 16 日,应红塔集团邀请,赴昆明参加第二次红塔山笔会。因老友褚时健正接受调查,作感怀诗《再访玉烟不遇褚时健》。② 在云南期间重游西南联大旧址,游览西双版纳。③ 返昆后应邀为云南艺术学院举办的作家班演讲。16 日,在上海、南京两地报纸向沪剧

① 田京辉:《心平气和话署名——就〈沙家浜〉著作权纠纷访汪曾祺、杨毓珉同志》,《上海戏剧》1997 年第 2 期。
② 散文《玉烟杂记》(1997 年 1 月 16 日)自引,文未发表。此据《玉烟杂记》手稿。
③ 张昆华:《寻呼汪曾祺》,《春城晚报》1997 年 5 月 26 日;高洪波:《鸥盟》,《北京晚报》1997 年 3 月 2 日。

《芦荡火种》作者文牧的夫人公开道歉。

本月，发表散文《辣椒（外二章）》（《重庆晚报》1997年1月7日，"外二章"系《清汤挂面》、《"安逸"》），诗歌《人间仙境花果山》（《连云港日报》1997年1月7日）。作散文《玉烟杂记》（包括《带狗的女工》、《两点建议》、《诗谶》三题，生前未发表）。《南方周末》"四时佳兴"专栏启动，本月发表《张郎且莫笑郭郎》（1997年1月10日），又作《梨园古道》（包括《郝寿臣》、《姜妙香》、《萧长华》、《赵喇嘛》、《贯盛吉》、《谭富英》六题，于1997年3月14日、6月20日、7月11日、8月8日分四次刊出）、《潘天寿的倔脾气》（1997年2月14日刊出）、《齐白石的童心》（1997年4月11日刊出）。① 发表题诗《贺〈芒种〉四十周年》（《芒种》1997年第1期）。

2月，作《〈日下集〉题记》（《北京晚报》1997年4月24日），入收汪曾祺小说散文戏剧选《去年属马》（北京燕山出版社1997年版，原定名《日下集》）。作《〈旅食与文化〉题记》，《旅食与文化》为汪曾祺散文集，广东旅游出版社

---

① 据丁聪插图署"97.1"，系于本月之下。

1997 年出版。作散文《林斤澜！哈哈哈哈……》(《时代文学》1997 年第 2 期)、《才子赵树理》(《南方周末》1997 年 5 月 9 日)。① 发表小说《当代野人系列三篇》(《小说》1997 年第 1 期)，包括《三列马》、《大尾巴猫》、《去年属马》。

本月，钱理群编《二十世纪中国小说理论资料(第四卷)》由北京大学出版社出版，汪曾祺《短篇小说的本质——在解鞋带和刷牙的时候之四》(1947 年)入选，唐湜《虔诚的纳藜思——谈汪曾祺的小说》(1948 年)同时入选。

3 月 7 日，从《北京日报》"生活"读到车军《爱是一束花》一文，感触很深，当即向邵燕祥、林斤澜推荐车文，相约共撰读后感，当日作《花溅泪》一文(《北京日报》1997 年 3 月 19 日)。发表《南方周末》"四时佳兴"专栏文《羊上树》(1997 年 3 月 21 日)，又先后作专栏文《面茶》(1997 年 9 月 5 日刊出)、《唐立厂先生》(1997 年 9 月 19 日刊

---

① 苏北：《一汪情深——回忆汪曾祺先生》，上海：上海远东出版社 2009 年版，第 24 页。

出)、《闻一多先生上课》(1997年5月30日刊出)、《"诗人"韩复榘》(1997年8月22日刊出)。作散文《炸弹和冰糖莲子》、《猫》,生前均未发表。作《只可自怡悦,不堪持赠君——〈当代才子书〉序》(《当代作家》1997年第3期,又刊于《人民日报》1997年10月5日),是为《中国当代才子书·汪曾祺卷》所作序,该书由长江文艺出版社于本年9月出版。

4月2日夜梦沈从文,3日晨起即撰《梦见沈从文先生》(《文汇报》1997年5月28日)。本月,因母校南菁中学一百一十五周年校庆,作诗《江阴忆旧》(又题《忆旧》)、《河豚》。作散文《富贵闲人,风雅盟主——企业家我对你说》,未发表。发表散文《济公坐轿子——四时佳兴之七》(《北京晚报》1997年4月7日)。

《作品与争鸣》杂志1997年第4期刊出"《小嬢嬢》争鸣"专栏,除转载小说原文外,另发表王知北《说〈小嬢嬢〉》、陶红《流于邪僻的文字》、郑宗良的《〈小嬢嬢〉是一篇宣扬乱伦的小说》三篇评论。

下旬,赴成都、宜宾参加"中国当代作家五粮液笔会"。其间与马识途、白桦、杨汝纶等朋友会晤,在成都登门访问堂姐汪华,给汪华后辈各题字题诗。

5月5日,王干来访,谈及《小嬢嬢》,王干说这是20世纪90年代的《受戒》。汪曾祺说:这个故事是有生活原型的,我一直想写这个故事,现在终于写出来了。又说:这篇小说若名声大了,会惹一些道德批评家们恼火,来批判的。① 8日,作散文《铁凝印象》(《时代文学》1997年第4期,又刊于《北京晚报》1997年6月16日),这是汪曾祺写的最后一篇文章。11日,昆明时期的朋友、法国文学专家徐知免来访,与谈旧人旧事。②

5月11日夜,消化道出血,送友谊医院急救。其后几日又数次出血,均脱险。5月16日,再次出血,猝然离世。

5月21日,新华社发出电讯报道汪曾祺逝世消息。28日,汪曾祺遗体告别仪式在八宝山举行,新华社再发电讯。

① 王干:《赤子其人,赤子其文》,《大家》1997年第5期。
② 崔自墨:《想念汪曾祺》,原载《深圳特区报》2007年5月某日,后收入金实秋主编:《永远的汪曾祺》,上海:上海远东出版社2008年版。

5 月 28 日,《文汇报》"笔会"在显著位置刊出汪曾祺的遗作《句读·气口(外一章)》(外一章即《梦见沈从文先生》)。本月,《北京日报》、《北京晚报》、《南方周末》、《羊城晚报》等媒体均刊登缅怀文章。

7 月,《北京文学》刊出纪念汪曾祺专辑,发表傅用霖等的纪念文章。陆建华著《汪曾祺传》由江苏文艺出版社出版,这是第一部汪曾祺传记。

8 月,小说、散文、剧本集《去年属马》由北京燕山出版社出版。

9 月 19 日,《南方周末》"四时佳兴"专栏最后一篇稿件《唐立厂先生》见报。本月 21 日,为河北人民出版社"午夜散文随笔书系"所作序言《谈散文》见报(《中国青年报》)。本月,《中国当代才子书·汪曾祺卷》由长江文艺出版社出版。

后记

虽然从上大学时就对汪曾祺其人其作产生浓厚的兴趣，但在 2011 年之前的十多年间，除了若干阅读札记外，只撰写过一篇未正式发表的汪曾祺研究论文。后来系统研究汪曾祺，特别是年谱撰述，是我学术生涯中一个节外生枝和歪打正着的项目，不意竟赶上了方兴未艾的年谱学小高潮，能够在汪曾祺诞辰九十七周年、逝世二十周年之际面世，是一件让人欣幸的事情。谨略述此书原委，以资纪念。

2009 年，我申报的一个以"汪曾祺与现代小说"为题的项目，获得了教育部人文社会科学基金的立项资助。由于种种原因，研究进展缓慢。但在这个过程中，因为把一篇文献考证文章寄给季红真教授请教，恰逢季老师主编的人民文学出版社新版《汪曾祺全集》项目启动，随即见邀加入《全集》编纂组，承担了散文、诗歌、杂著诸卷。2011年后，我的汪曾祺研究的重心就暂时转移到文献辑佚、董理与校勘方面。介入这一工作越深，越觉得问题多多，而这些外围性的、属于"史"的问题不加理顺，总觉得《全集》之"文"就难以做到全面和可靠，"论"的工作也就难以心安理得做下去。在这种情况下，自觉应当先做一番系统性的史实还原工作。于是决定把"论"的工作稍微推后，发愿先以"年谱长编"的形式进行一个基础性的综合研究，"为生性散淡、不记日记的汪曾祺恢复出一部日志式的、翔实而可靠的生活史和创作史"，"还原历史的汪曾祺"，从而为进一步的研究提供一个可靠基础。

其后很长一段时间的工作主要就是：一边编纂新版《全集》，一边采访人物、收集史料、排比考证，结果是到2013年9月份为止，完成了九十万字的《年谱长编》初稿。经由孙郁、季红真、林建法等先生具名推荐，申报了国家社科后期资助项目，居然得中。这让我更坚信自己的研究之不无价值。

2014年初，力倡年谱研究的林建法先生向我约一个汪曾祺文学年谱。其时,林先生在所主编的《东吴学术》上开辟的"学术年谱"已刊出了十几家谱著,专栏正在引发广泛关注,由复旦大学出版社出版的单行本"《东吴学术》年谱"也已开始出版(目前该项目已转至华东师范大学出版社继续出版)。按照林先生的要求,我边补订《长编》,边缩编出两个版本交出,一个稍简版本分三期在《东吴学术》2015 年下半年连载,还有一个稍详版本供收入丛书单行出版,也就是眼前这本。

不难看出,《文学年谱》是《长编》的浓缩,而《长编》本是《全集》工作的一个"副产品",在吸收了学界先贤的成果的同时,大量吸收了笔者在史料访求及文献辑佚、系年、考辨、校勘方面的结论。《长编》项目虽已结题,但出版仍待时日;在此情况下,《文学年谱》的先行面世就不无意义,希望它给研究者和一般读者提供一个简明而较为可靠的依据。

上面提到的各位师长,对本书有催生和扶助之功,是我首先要感谢的。

在课题进行过程中,得到东北师范大学社会科学处的米睿、宋强、魏琳娜等诸位的有力支持。我的学生胡雪、徐亮、牟少华、胡婉君在资料核对方面给我以大力协助，婉君且帮助我将繁多的编辑意见在校样上一一斟酌落实。华东师范大学出版社的编辑们付出了很大精力。在此一并致谢。

恳请得到学界方家的指正，以便日后不断修订，使臻完善。

徐强

2017 年 1 月 2 日

图书在版编目(CIP)数据

汪曾祺文学年谱/徐强著. —上海:华东师范大学出版社,2017
(当代著名作家及学者年谱系列)
ISBN 978‐7‐5675‐6372‐8

Ⅰ.①汪… Ⅱ.①徐… Ⅲ.①汪曾祺(1920—1997)-文学研究-年谱
Ⅳ.①I206.7

中国版本图书馆 CIP 数据核字(2017)第 066895 号

本书系上海文化发展基金会图书出版专项基金资助项目

当代著名作家及学者年谱系列

汪曾祺文学年谱

主　　编	林建法	出版发行	华东师范大学出版社
著　　者	徐　强	社　　址	上海市中山北路 3663 号
策划编辑	王　焰	邮　　编	200062
项目编辑	朱华华　唐　铭	网　　址	www.ecnupress.com.cn
审读编辑	唐　铭	电　　话	021‐60821666
责任校对	王丽平	行政传真	021‐62572105
装帧设计	卢晓红	客服电话	021‐62865537
		门市(邮购)电话	021‐62869887
印刷者	常熟市文化印刷有限公司	地　　址	上海市中山北路 3663 号华东师范大学校内先锋路口
开　　本	787×1092　32 开	网　　店	http://hdsdcbs.tmall.com
印　　张	6.625		
插　　页	6		
字　　数	100 千字		
版　　次	2017 年 10 月第 1 版		
印　　次	2017 年 10 月第 1 次		
书　　号	ISBN 978‐7‐5675‐6372‐8/K·483		
定　　价	35.00 元		

出 版 人 | 王　焰

(如发现本版图书有印订质量问题,请寄回本社客服中心调换或电话 021‐62865537 联系)